Alkiphron
Die Hetärenbriefe

AF188957

Alkiphron

Die Hetärenbriefe

Glanz und Elend griechischer Kurtisanen

Übersetzung, Anmerkungen und Nachwort
von Frank Zinn

Bibliografische Information der Deutschen Nationalbibliothek:
Die Deutsche Nationalbibliothek verzeichnet diese Publikation in der
Deutschen Nationalbibliografie; detaillierte bibliografische Daten sind
im Internet über http://dnb.dnb.de abrufbar.

© 2018 Frank Zinn

Herstellung und Verlag: BoD – Books on Demand, Norderstedt
ISBN: 978-3-7481-4669-8

Inhalt

Einleitung

Die *Hetärenbriefe* des Alkiphron gehören zu den wenig beachteten Perlen der antiken Literatur. Mit Witz und Einfühlungsvermögen – und gewürzt mit einer Prise Erotik – erzählen sie vom Leben der berühmt-berüchtigten griechischen Kurtisanen. Sie lassen den Leser teilhaben an ihren Liebesfreuden und Vergnügungen, aber auch an ihren Sorgen und Eifersüchteleien.

Die zwanzig *Hetärenbriefe*, von denen der letzte wohl nicht von Alkiphron selbst verfasst wurde, sind Teil einer 123 Briefe umfassenden, in vier Büchern angeordneten Sammlung. Sie beinhaltet neben den *Hetärenbriefen* noch 22 Schreiben von Fischern, 39 von Bauern sowie 42 von Parasiten (Schmarotzern, die an den Tafeln ihrer Gönner ihr Auskommen suchen). Über ihren Verfasser wissen wir außer seinem Namen so gut wie nichts, seine Person und sein Leben bleiben für uns im Dunkeln. Die brauchbarsten Hinweise, um Alkiphron zeitlich einordnen zu können, liefern die von ihm verfassten Kunstbriefe, auch wenn er selbst darin nicht in Erscheinung tritt.

Die Sprache, in der Alkiphron schrieb, war ein bewusster Rückgriff auf das attische Griechisch, wie es im Athen des 5. und 4. Jh. v. Chr. gesprochen und geschrieben wurde. Die dort zu jener Zeit verfassten Werke galten schon in der Antike als klassisch, als Blüte der hellenischen Literatur. Es war die Sprache der großen Tragödiendichter wie Sophokles, der bedeutenden Redner wie Demosthenes, der wegweisenden Philosophen wie Platon. Alkiphrons sprachlicher Attizismus findet seine Entsprechung im Inhalt seiner Briefe, die voll sind von Bezügen zu attischen Bräuchen und Örtlichkeiten. Sie lassen das Bemühen des Autors erkennen, dem Leser sein attisches Vokabular und seine profunden Kenntnisse vom klassischen Athen zu demonstrieren, ohne dass er dabei der Versuchung erlag, mit seiner Gelehrsamkeit aufdringlich zu wirken.

Dieser gesuchte Attizismus, diese Rückbesinnung auf die klassische und spätklassische Epoche, war das charakteristische Merkmal einer geistigen Strömung der Kaiserzeit, die von der Mitte des 1. Jh. n. Chr. bis ins erste Drittel des 3. Jh. n. Chr. verbreitet war und als Zweite Sophistik bezeichnet wird. In diesem Zeitraum muss Alkiphron tätig gewesen sein, ohne dass eine genauere Eingrenzung möglich wäre. Sehr reizvoll, aber in höchstem Maße spekulativ ist die Gleichsetzung des Epistolographen Alkiphron mit einem Philosophen gleichen Namens, den u. a. der römische Kaiser Mark Aurel (reg. 161–180 n. Chr.) in seinen *Selbstbetrachtungen* (10, 13) erwähnt.

Einige Gelehrte haben die Vermutung geäußert, Alkiphrons *Hetärenbriefe* seien von den bekannteren *Hetärengesprächen* des großen Satirikers Lukian (um 120–nach 180 n. Chr.) beeinflusst worden. Fraglos ist Lukian der bedeutendere Literat von beiden, aber wer auf wen (wenn überhaupt) mit seinem Werk Einfluss genommen hat, lässt sich unmöglich mit Gewissheit sagen. Beide stehen in der gleichen literarischen Tradition, und auch inhaltliche Berührungspunkte sind angesichts der gleichen Thematik nicht verwunderlich. Wie auch immer man die Frage einer möglichen Abhängigkeit beantworten möchte, Alkiphrons *Hetärenbriefe* verdienen es auf jeden Fall, als eigenständiges Werk beachtet und gewürdigt zu werden.

Der besondere Reiz der *Hetärenbriefe* liegt darin, dass ihr Verfasser – anders als in seinen Fischer-, Bauern- und Parasitenbriefen – aus antiken Quellen wohlbekannte Personen als Schreiber und Empfänger auftreten lässt. Dem Leser begegnen nicht nur berühmte Hetären wie Phryne, Thaïs oder Glykera, sondern auch namhafte Persönlichkeiten wie der Bildhauer Praxiteles, der Redner Hypereides, der Philosoph Epikur, der Komödienschreiber Menander und sogar der Feldherr und König Demetrios Poliorketes. So wird die Illusion vermittelt, durch die Lektüre der Briefe einen kurzen, intimen Blick auf das Privatleben historischer Berühmtheiten werfen zu dürfen.

Historische Korrektheit war allerdings nicht Alkiphrons Absicht und darf von ihm auch nicht erwartet werden. Mag er auch auf reale Personen und Ereignisse Bezug nehmen, so bleiben seine Briefe doch immer literarische Fiktionen, in denen er für seine Zeitgenossen das Bild einer Epoche malte, die mehr als ein halbes Jahrtausend in der Vergangenheit lag. Aber das schmälert keineswegs den Wert dieser literarischen Vignetten.

Die *Hetärenbriefe* sind kunstvoll geordnet und untereinander eng verknüpft. In einigen Fällen sind sie zu kleinen Gruppen mit einem eigenen Erzählstrang zusammengefasst, etwa der Prozess gegen Phryne (Briefe III–V) oder die Beziehung zwischen Glykera und Menander (Briefe XVIII–XIX). Alkiphron bedient mit dem Hetärenbild, das er vermittelt, durchaus die gängigen Konventionen. Die Frauen werden als schön und kultiviert geschildert, oft aber auch als eifersüchtig, berechnend, flatterhaft und raffgierig. Aber der Autor lässt die Briefe nicht im Konventionellen erstarren. Reizvolle Miniaturen wie ein Ausflug aufs Land (Brief XIII) oder die unterhaltsame Beschreibung eines Schönheitswettbewerbs (Brief XIV) lockern das Szenario immer wieder auf und verleihen den Briefen eine noch heute wirksame Unmittelbarkeit und Lebendigkeit. Wo es sich anbietet, kommt auch die Erotik nicht zu kurz, auch wenn Alkiphron dabei keine besondere Originalität erkennen lässt.

Ein wiederkehrendes Motiv ist die Habgier der Hetären, am pointiertesten in Brief XV zu Ausdruck gebracht, in dem Philoumene ihren Liebhaber mit wenigen Worten vor die Wahl stellt, ihr Geld zu schicken oder sie in Ruhe zu lassen. Der Kampf um eine lukrative Einnahmequelle ist hart und unerbittlich: Gefährliche Magie kommt zum Einsatz (Brief X), aus Freundinnen werden erbitterte Konkurrentinnen (Brief VI) und weniger zahlungskräftige oder zahlungswillige Liebhaber werden ohne viel Federlesens abserviert (Briefe VIII–IX).

Doch Alkiphrons Hetärenbild ist keineswegs eindimensional. Er zeigt durchaus Verständnis für die Sorgen der Liebesdienerinnen, für die Ungewissheit, ob und wie sie ihren Lebensunterhalt bestreiten können (Brief IX), oder für die Angst, einem böswilligen Liebhaber hilflos ausgeliefert zu sein (Brief III). Er beschreibt die für ihre Selbstsucht und Empfindungslosigkeit oft gescholtenen Kurtisanen als Frauen, die durchaus zu echten Gefühlen, aufrichtiger Treue und tiefempfundener Liebe fähig sind. Zeugnis dafür legen vor allem Brief XI, in dem Menekleides bitterlich den Tod der schönen Bakchis betrauert, sowie die gefühlvolle Korrespondenz zwischen Menander und Glykera (Briefe XVIII–XIX) ab. Die beiden Menander-Briefe sind ohne Frage der Höhepunkt der Sammlung und bilden aus gutem Grund ihren sorgfältig gewählten Abschluss. Zugleich sind sie eine Reminiszenz Alkiphrons an den großen attischen Komödiendichter, dessen Bühnenwerke und Rollencharaktere wichtige Inspirationsquellen für den Verfasser der *Hetärenbriefe* waren.

Grundlage der Übersetzung war die Edition des griechischen Textes von Patrick Granholm, Alciphron. Letters of the Courtesans, Diss. Uppsala 2012.

Die Hetärenbriefe

Brief I
Phryne an Praxiteles

Hab keine Furcht! Denn du hast ein wunderbares Werk geschaffen, wie es noch niemand von Menschenhand gemacht sah: Du hast ein Bildnis deiner Gefährtin in einem heiligen Bezirk aufgestellt. In der Mitte stehe ich nun vor den Statuen der Aphrodite und des Eros, die beide gleichfalls deine Schöpfungen sind. Missgönne mir nicht die Ehre; denn die, die mich sehen, preisen Praxiteles. Und weil ich deiner Kunstfertigkeit entstamme, halten mich die Bewohner von Thespiai nicht für unwürdig, zwischen Göttern zu stehen. Doch eines fehlt dem Geschenk noch: Dass du zu mir kommst, damit wir im heiligen Hain beieinanderliegen. Wir werden uns schon nicht gegen die Götter versündigen, die wir ja selbst geschaffen haben. Lebe wohl!

Brief II
Glykera an Bakchis

Unser Menander hat beschlossen, nach Korinth zu reisen, um den Isthmischen Spielen als Zuschauer beizuwohnen. Mir gefällt das nicht; denn du weißt, wie es ist, auf einen solchen Liebhaber verzichten zu müssen – und sei es auch nur für eine kurze Zeit. Aber ich konnte ihn nicht davon abbringen, weil er ja nicht oft zu verreisen pflegt.

Ich weiß nicht, was ich machen soll: Kann ich ihn deiner Gastfreundschaft anvertrauen, wenn er zu Besuch kommen will? Oder lieber nicht, wenn er doch selbst hofft, von dir umworben zu werden? Ich schätze, auch das gereicht mir zur Ehre; ich bin mir nämlich der engen Freundschaft wohl bewusst, die zwischen uns beiden besteht. Ich fürchte dich, Liebste, doch nicht so sehr wie ich ihn fürchte, denn dein Charakter ist anständiger als dein Lebenswandel. Er aber ist von einer unglaublichen Leidenschaft erfüllt, und einer Bakchis könnte nicht einmal der Missmutigste widerstehen. Dass er die Reise nur wegen der Isthmischen Spiele, nicht aber auch deinetwegen unternimmt, fällt mir schwer zu glauben.

Vielleicht wirst du mich des Argwohns beschuldigen. Bitte vergib einer Hetäre ihre Eifersucht, meine Teuerste! Aber für mich wäre es keine Kleinigkeit, Menander als meinen Liebhaber zu verlieren. Wenn es zu einem Streit zwischen uns oder zu einem Zerwürfnis käme, dann müsste ich es zu allem Übel ertragen, von irgendeinem Chremes oder Pheidylos auf der Bühne bitter geschmäht zu werden.

Aber wenn er ebenso zu mir zurückkommt, wie er gegangen ist, so werde ich dir sehr dankbar sein. Lebe wohl.

Brief III
Bakchis an Hypereides

Wir Hetären sind dir alle dankbar, eine jede von uns nicht weniger, als es Phryne ist. Der Prozess, den der grundschlechte Euthias angestrengt hatte, richtete sich zwar gegen Phryne allein, aber uns allen drohte daraus Gefahr. Denn wenn wir trotz unserer Bitten von unseren Liebhabern kein Geld mehr entgegennehmen dürften oder wenn wir, sollten wir Geld bekommen, von denen, die es uns geben, wegen Religionsfrevels angeklagt würden, dann sollten wir besser dieses Leben aufgeben. So hätten wir keinen Ärger mehr und würden auch unseren Besuchern keinen Ärger bereiten.

Nun aber brauchen wir uns wegen unseres Hetären-Daseins keine Vorwürfe mehr zu machen, weil ja Euthias als boshafter Liebhaber entlarvt worden ist. Wir werden uns vielmehr glücklich preisen, weil Hypereides solch ein anständiger Mann ist. Möge dir für deine Freundlichkeit viel Gutes zuteilwerden! Du hast für dich selbst eine treffliche Gefährtin gerettet und uns ihretwegen zu Dank verpflichtet. Wenn du nun noch die Rede, die du zu Phrynes Verteidigung gehalten hast, niederschreibst, dann werden wir Hetären dir wahrhaftig ein goldenes Standbild setzen, an welchem Ort in Griechenland auch immer du willst.

Brief IV
Bakchis an Phryne

Groß war meine Angst, als du, meine Teuerste, in Gefahr schwebtest, noch größer aber war meine Freude darüber, dass du einen schlechten Liebhaber losgeworden bist und in Hypereides einen guten gefunden hast. Ich denke, der Prozess hat dir zudem viel Glück gebracht, denn er hat dir nicht nur in Athen, sondern in ganz Griechenland zur Berühmtheit verholfen.

Für Euthias wird es Strafe genug sein, auf deine Gesellschaft nun verzichten zu müssen. Seine angeborene Dummheit erregte seinen Zorn und deswegen hat er, so scheint es mir, die Grenzen der Eifersucht, die einem Liebhaber zusteht, überschritten. Du kannst dir sicher sein, dass er dich jetzt mehr begehrt, als Hypereides es tut. Denn Hypereides erwartet offensichtlich, für seine Verteidigungsrede umworben zu werden, und spielt sich als Liebhaber auf, während Euthias durch das Scheitern seiner Anklage nur noch mehr entflammt wurde. Stelle dich also darauf ein, dass er dir bald wieder Bitten, flehende Klagen und viel Gold schicken wird.

Meine Liebe, rücke uns Hetären nicht in ein schlechtes Licht, indem du Euthias' Drängen nachgibst und Hypereides dadurch glauben machst, es sei ein Fehler gewesen, dir zu helfen. Und glaube nicht denen, die behaupten, dein Anwalt hätte dir nichts genutzt, wenn du dein Kleid nicht zerrissen und deine nackten Brüste den Richtern gezeigt hättest. Denn nur seine Verteidigung eröffnete dir die Möglichkeit, dies im richtigen Moment zu tun.

Brief V
Bakchis an Myrrhine

Bei unserer Herrin Aphrodite, mögest du nie einen besseren
Liebhaber finden, sondern möge dieser Euthias, dem jetzt
deine volle Aufmerksamkeit gilt, dein ganzes Leben mit dir
teilen! Arme, törichte Frau, du richtest dich mit so einer
Kreatur zugrunde – aber vielleicht vertraust du ja auf deine
Schönheit –, denn es ist doch offensichtlich, dass er auch in
Zukunft Phryne lieben und auf Myrrhine herabblicken wird.

Aber anscheinend willst du Hypereides ärgern, weil er
dir jetzt weniger Aufmerksamkeit schenkt. Er hat [in
Phryne] eine Gefährtin, die seiner würdig ist, und du hast
einen Liebhaber, der zu dir passt. Bitte ihn um etwas, und
du wirst sehen, dass du die Schiffswerften in Brand gesteckt
oder die Gesetze aufgelöst hast. Du sollst jedenfalls wissen,
dass du von uns allen, die wir die gütigere Aphrodite vereh-
ren, gehasst wirst.

Brief VI
Thaïs an Thettale

Ich hätte es nie für möglich gehalten, dass es nach unserer so engen Freundschaft zu einem Streit zwischen Euxippe und mir kommen würde. Ich will ihr nichts von dem vorwerfen, mit dem ich ihr hilfreich zur Seite stand, als sie von Samos hierher kam. Aber als Pamphilos – du weißt ja darüber Bescheid – mir das viele Geld anbot, da habe ich den Burschen abgewiesen, weil er sich allem Anschein nach gelegentlich mit Euxippe traf. Das hat sie mir schön vergolten, nur weil sie dieser übelst verdorbenen Megara zu gefallen wünschte. Gegen die hegte ich schon lange wegen Straton einen Verdacht, daher glaubte ich, es sei nichts Ungewöhnliches, dass sie schlecht von mir sprach.

Es war während der Haloa, und wir alle waren, wie es sich geziemt, bei der nächtlichen Feier zugegen. Dabei bemerkte ich mit Erstaunen Euxippes Hochnäsigkeit. Zuerst zeigte sie ihre Abneigung, indem sie mit Megara kicherte und Witze machte, dann sang sie offen Lieder über einen Liebhaber, der mir keine Aufmerksamkeit mehr schenkt. Das machte mir nicht allzu viel aus. Aber dann hat sie alle Scham verloren und verspottete mich wegen meiner Schminke und meines Rouges. »Es muss ihr sehr schlecht gehen«, so dachte ich mir, »dass sie sich nicht einmal einen Spiegel leisten kann«. Wenn sie nämlich die rote Färbung ihrer Haut sehen könnte, dann würde sie nicht über meine Hässlichkeit lästern.

Doch das alles kümmert mich wenig. Es sind meine

Liebhaber, denen ich gefallen möchte, nicht Megara und Euxippe – diesen Äffinnen! Ich habe dir von diesen Vorgängen berichtet, damit du mir keine Vorwürfe machst. Denn ich werde mich an den beiden rächen, aber nicht mit Scherzen und mit Spöttereien, sondern auf die Weise, die sie am härtesten trifft. Ich verbeuge mich tief vor Nemesis.

Brief VII
Thaïs an Euthydemos

Seit du dir in den Kopf gesetzt hast, Philosophie zu studieren, bist du ein ernsthafter Geselle geworden und ziehst deine Augenbrauen bis über die Schläfen hoch. Dann schreitest du in stolzer Haltung und mit einem Buch in der Hand zur Akademie; an meinem Haus aber gehst du vorbei, als hättest du es noch nie zuvor gesehen. Du hast den Verstand verloren, Euthydemos! Weißt du nicht, was für ein Mensch dieser Sophist ist, der sich ach so streng gibt, während er vor euch diese wundervollen Reden hält? Wie lange, glaubst du, fällt er mir schon zur Last mit seinem Wunsch, sich mit mir zu treffen? Und gleichzeitig gibt er sich mit Megaras Zofe Herpyllis ab.

Damals habe ich ihn abgewiesen, denn lieber wollte ich in deinen Armen schlafen als das Gold aller Sophisten in Händen halten. Aber weil er dich vom Umgang mit mir abzubringen scheint, werde ich ihn willkommen heißen und dir zeigen – wenn du willst –, dass dieser frauenfeindliche Lehrer sich des Nachts nicht mit den gewöhnlichen Freuden zufriedengibt.

Seine Lehren sind nur leeres Geschwätz und Blendwerk und eine Methode, Gewinn aus jungen Männern zu ziehen. Du Dummkopf! Glaubst du denn, ein Sophist unterscheidet sich von einer Hetäre? Vielleicht insofern, dass sie nicht zu den gleichen Mitteln greifen, um zu verführen, aber beide haben ein und dasselbe Ziel: Gewinn zu machen. Doch wie viel anständiger und gottesfürchtiger sind wir! Wir leugnen nicht die Existenz von Göttern, sondern vertrauen unseren Liebhabern, wenn sie schwören, uns zu lieben. Auch halten wir es nicht für richtig, dass Männer mit ihren Schwestern und Müttern schlafen – und auch nicht mit den Frauen anderer Männer. Aber vielleicht scheinen wir den Sophisten in deinen Augen unterlegen zu sein, weil wir nicht wissen, woher die Wolken kommen oder wie die Atome beschaffen sind. Auch ich habe einige Zeit bei den Sophisten studiert und mich mit vielen von ihnen unterhalten.

Niemand, der seine Zeit mit einer Hetäre verbringt, träumt von Tyrannenherrschaft und Revolte gegen den Staat. Im Gegenteil, nachdem er seinen Morgenbecher geleert hat, bleibt er in seinem Rausch bis zur dritten oder vierten Stunde liegen. Wir sind auch nicht schlechter darin, die Jugend zu erziehen. Vergleiche nur, wenn du magst, die Hetäre Aspasia mit dem Sophisten Sokrates, und dann beurteile selbst, wer von beiden die Männer besser erzogen hat. Du wirst sehen, dass Perikles ihr Schüler war und Kritias der seine.

Gib diese Torheit und diese Unausstehlichkeit auf, mein geliebter Euthydemos, – es gehört sich einfach nicht, dass solche Augen so finster dreinblicken – und komm zu deiner Geliebten, wie du früher oft aus dem Lykeion gekommen bist und dir den Schweiß abgetrocknet hast. Dann lass uns ein wenig trinken und einander das schöne Ziel der Lust zeigen. Da werde ich dir ausgesprochen weise erscheinen. Die Gottheit gewährt uns keine lange Zeit zu leben. Achte darauf, dass du sie nicht mit Rätseln und Spielereien ver- schwendest! Lebe wohl.

Brief VIII
Simalion an Petale

Wenn du denkst, es bereite dir etwas Vergnügen oder bringe dir bei einigen deiner Liebhaber Ehre ein, dass ich oft zu deiner Tür komme und den Dienern, die zu denen gesandt werden, die glücklicher sind als ich, etwas vorjammere, dann verhöhnst du mich nicht ohne Grund. Aber bedenke: Obwohl ich weiß, dass ich mir damit keinen Gefallen tue, verhalte ich mich dir gegenüber, wie sich nur wenige deiner gegenwärtigen Verehrer verhalten würden, wenn du sie derartig vernachlässigen würdest.

Ich hoffte wirklich, Trost in dem ungemischten Wein zu finden, den ich vorgestern Abend im Hause des Euphronios in großen Mengen getrunken habe, um meine Sorgen, die mich des Nachts quälen, zu vertreiben. Aber das Gegenteil trat ein. Denn der Wein entfachte mein Verlangen, so dass mein Weinen und Jammern bei den Wohlwollenden Mitleid, bei den anderen aber nur Gelächter erregte. Ein wenig Trost und Linderung – sie sind bereits im Schwinden begriffen – brachte mir der Kranz, den du während meiner Klagen beim Gelage von deinem lockigen Haar gerissen und mir zugeworfen hast; als ob du von allem genervt wärst, was ich dir geschickt habe.

Wenn dir das wirklich Freude bereitet, dann weide dich an meinem Kummer; und wenn es dir gefällt, dann erzähle es den Verehrern, die momentan glücklicher sind als ich, die aber schon bald das gleiche Leid erfahren werden, wenn es ihnen so ergeht wie mir. Bete gleichwohl, dass Aphrodite dir wegen deines Hochmuts nicht zürnt. Ein anderer hätte Briefe voller Schmähungen und Drohungen geschrieben, ich aber bitte und flehe. Denn ich liebe wie von Sinnen, Petale. Und ich fürchte, ich werde, wenn es noch schlimmer wird, einen von denen nachahmen, die sich aus Liebesleid in größeres Unglück stürzen.

Brief IX
Petale an Simalion

Ich wünschte, der Haushalt einer Hetäre könnte mit Tränen finanziert werden. Dann würde ich glänzend dastehen, denn die bekomme ich im Überfluss von dir. Ich aber brauche Gold, Kleider, Schmuck und Dienerinnen; darauf beruht nämlich meine ganze Lebensführung. Ich besitze weder ein kleines geerbtes Gut in Myrrhinos noch einen Anteil an den Silberminen, sondern nur meinen kleinen Liebeslohn sowie diese armseligen und beklagenswerten Geschenke von meinen verständnislosen Liebhabern.

Seit einem Jahr bin ich mit dir zusammen und es geht mir schlecht. Mein Kopf ist ungepflegt und in dieser ganzen Zeit habe ich kein Salböl gesehen. Vor meinen Freundinnen muss ich mich schämen, denn mein einstmals feines tarentinisches Kleid ist jetzt alt und zerfetzt. Möge mir deshalb etwas Glück zuteilwerden! Wovon, glaubst du, soll ich also leben, wenn ich müßig neben dir sitzen bleibe? Du vergießt Tränen, doch bald schon wirst du damit aufhören. Ich aber werde ohne einen großzügigen Liebhaber ganz schön Hunger leiden.

Ich bin auch erstaunt, wie wenig überzeugend deine Tränen auf mich wirken. O Herrin Aphrodite! Mensch, du sagst, du seist verliebt und wünschest, dass deine Geliebte mit dir schläft, denn ohne sie könntest du nicht leben. Na und? Gibt es keine Weinbecher bei euch zu Hause? Kannst du nicht Schmuck von deiner Mutter bringen oder ein Darlehen von deinem Vater erhalten? Glückliche Philotis!

Die Chariten haben sie mit wohlwollenderen Augen angeblickt. Was für einen Liebhaber hat sie in Menekleides, der ihr jeden Tag Geschenke macht! Das ist besser als zu weinen. Aber ich unglückliches Geschöpf habe einen Klagesänger statt eines Liebhabers. Er schickt mir Girlanden und Rosen, als läge ich schon vorzeitig im Grab, und sagt, er weine die ganze Nacht. Wenn du mir etwas bringst, komm ohne zu weinen; wenn aber nicht, dann quälst du dich selbst, nicht mich.

Brief X
Myrrhine an Nikippe

Diphilos schenkt mir keine Aufmerksamkeit mehr, sondern hat sich ganz dieser dreckigen Thettale zugewandt. Bis zur Zeit des Adonisfestes kam er noch manchmal vorbei, um ausgelassen zu feiern und um mit mir zu schlafen. Doch schon damals wirkte er gleichgültig und spielte den bevorzugten Liebhaber. Meistens wurde er, wenn er betrunken war, von Helix angeschleppt, der Herpyllis liebte und deshalb gerne seine Zeit bei uns verbrachte.

Aber nun ist klar, dass er mit mir überhaupt nichts zu tun haben will. Seit vier Tagen zecht er schon im Garten des Lysis mit Thettale und dem verfluchten Strongylion, der ihn mit dieser Geliebten verkuppelt hat, weil er aus irgendeinem Grund wütend auf mich war. Mit Briefchen, mit Dienerinnen, die hin und her liefen, und mit all diesen Dingen habe ich nichts erreicht; ich konnte daraus keinen Nutzen ziehen. All meine Versuche scheinen ihn mir gegenüber noch hochmütiger und aufgeblasener gemacht zu haben.

Das Einzige, was bleibt, ist ihn vor meiner Tür stehen zu lassen und ihn abzuweisen, wenn er irgendwann zu mir kommt und mit mir schlafen will, nur um die andere zu ärgern. Hochmut wird am besten durch Nichtbeachtung ausgetrieben. Aber wenn ich auf diese Weise nichts erreichen kann, dann benötige ich eine stärkere Arznei, wie sie bei Schwerkranken angewendet wird. Denn es ist nicht nur fürchterlich, dass ich auf sein Geld verzichten muss, sondern auch, dass Thettale mich auslacht.

Du besitzt, wie du sagst, einen Liebestrank, den du oft in deiner Jugend erprobt hast. Diese Art von Heilmittel brauche ich jetzt. Es würde ihm nicht nur sein aufgeblasenes Gehabe, sondern auch seinen Rausch austreiben. Ich werde ihm eine versöhnliche Botschaft senden und meine Tränen so vergießen, dass sie überzeugend wirken. Und ich werde ihm sagen, er solle sich vor Nemesis in Acht nehmen, wenn er mich, die ihn doch so sehr liebt, vernachlässigt. Dieses und anderes werde ich mir ausdenken und ihm erzählen. Dann wird er sicherlich kommen und Mitleid mit mir haben, da ich mich ja vor Verlangen nach ihm verzehre. Er wird sagen, es sei schön, sich an die Vergangenheit und an unsere Beziehung zu erinnern, und dabei wird er sich aufblasen, dieser Mistkerl. Auch Helix wird mir beistehen, weil Herpyllis für ihn ihre Kleider auszieht. Allerdings sind Liebestränke ein unsicheres Mittel und können plötzlich zum Tod führen. Mir soll es egal sein – er muss entweder für mich leben oder für Thettale sterben.

Brief XI
Menekleides an Euthykles

Meine schöne Bakchis ist fort, teuerster Euthykles, sie ist
dahingeschieden. Mich hat sie zurückgelassen mit vielen
Tränen und mit einer Erinnerung an eine Liebe, die nun
genauso schmerzhaft ist, wie sie einst süß war. Niemals
werde ich Bakchis vergessen, niemals wird eine solche Zeit
kommen! Wie viel Zuneigung sie mir schenkte! Es wäre
nicht falsch, sie eine Rechtfertigung des ganzen Hetärenstan-
des zu nennen. Und wenn sie alle zusammenkämen, um ihr
im Heiligtum der Aphrodite oder der Chariten eine Statue
zu weihen, dann wäre das in meinen Augen vollauf gerecht-
fertigt.

Die allgemeine Rede, die Hetären seien verdorben, treu-
los, nur auf Gewinn aus, immer nur dem ergeben, der am
meisten zahlt, und für ihre Liebhaber die Ursache alles
Schlechten, das ihnen widerfährt – all das hat sie durch ihr
Beispiel als ungerechte Verleumdungen erwiesen. So wider-
legte Bakchis durch ihren Charakter die üblen Schmähungen.

Du erinnerst dich doch an jenen Meder, der aus Syrien
hierherkam, mit seinem ganzen Gefolge und seiner Ausstattung herumstolzierte und ihr Eunuchen, Dienerinnen und
Schmuck versprach. Sie aber wies ihn zu seinem Leidwesen
ab. Lieber wollte sie unter meinem billigen und schlichten
Mantel schlafen. Sie war zufrieden mit den Kleinigkeiten,
die sie von mir erhielt, und verschmähte seine fürstlichen
und goldstrotzenden Gaben. Was noch ließe sich sagen? Wie
sie z. B. den ägyptischen Kaufherrn fortschickte, obwohl er

ihr viel Geld bot.

Es wird nie eine bessere Frau geben als sie, das weiß ich mit Sicherheit. Was für ein edler Charakter, dessen Leben irgendeine Gottheit einen unglücklichen Verlauf nehmen ließ. Nun ist sie fort, sie hat mich zurückgelassen. Künftig wird Bakchis alleine liegen. Wie ungerecht, ihr gütigen Moiren! Denn eigentlich sollte ich auch jetzt bei ihr liegen, so wie ich es früher tat. Aber ich bin am Leben, nehme Speise zu mir und unterhalte mich mit meinen Freunden. Sie aber wird mich nie mehr mit ihren strahlenden Augen ansehen und lächeln. Noch wird sie heiter und freundlich die Nacht mit den süßesten Bestrafungen verbringen. Wie sie eben noch sprach, wie sie schaute, welche Sirenen wohnten unseren Zusammenkünften bei und welch süßer und reiner Nektar tropfte von ihren Küssen. Mir scheint, Peitho thronte auf dem Rand ihrer Lippen. Der Gürtel der Liebe umfing sie und mit all ihrer Anmut ehrte sie Aphrodite. Fort sind die Liedchen, die sie während unseres Beisammenseins beim Weine sang, fort ist auch die Lyra, die sie mit ihren Elfenbein-fingern spielte. Ein stummer Stein und Asche – so liegt sie nun da, sie, die allen Chariten lieb und teuer war.

Aber Megara, die Erzhure, lebt, die den Theagenes so unbarmherzig ausgeplündert hatte, dass er nach dem gänz-lichen Verlust seines einst glänzenden Vermögens einen ärmlichen Waffenrock und einen Schild nahm, um in den Krieg zu ziehen. Bakchis dagegen, die ihren Liebhaber liebte, ist tot.

Leichter ist es mir nun geworden, weil ich mich bei dir, teuerster Euthykles, ausgeweint habe. Süß erscheint es mir, von ihr zu sprechen und zu schreiben. Denn nichts ist mir geblieben außer der Erinnerung. Lebe wohl!

Brief XII
Leaina an Philodemos

Ich sah deine junge Frau bei den Mysterien, bekleidet mit einem schönen Sommerkleid. Bei Aphrodite, ich bemitleide dich, du bedauernswerter Mann. Welche Leiden musst du erdulden, wenn du mit dieser Schildkröte schläfst! Was für eine Hautfarbe diese Frau hatte, ganz zinnoberrot! Was für lange Locken zierten deine Braut, freilich ohne Ähnlichkeit mit den Haaren auf ihrem Kopf! Wie viel Schminke hatte sie aufgetragen! Und man schmäht uns Hetären, weil wir uns so herausputzen. Sie trug fürwahr eine große Kette – sie verdient es ohne Frage, ihr ganzes Leben lang eine Kette zu tragen, aber keine goldene – und hatte das Aussehen eines Gespenstes. Was für große Füße sie hat, so breit und unförmig! O weh, wie muss es sein, sie nackt zu umarmen! Auch scheint sie mir einen schlechten Atem zu haben. Lieber würde ich mit einer Kröte schlafen, Herrin Nemesis. ***

Brief XIII
*** an ***

(*** hat uns) auf das Gut ihres Liebhabers (eingeladen), weil sie, so sagte sie, den Nymphen ein Opfer schulde. Der Ort liegt zwanzig Stadien von der Stadt entfernt. Das Gut ist eher eine Wiese oder ein Garten, in der Nähe des Hauses liegt ein Ackerfeld, der Rest sind Zypressen- und Myrtenhaine. Es ist wirklich der Besitz eines Lebemanns, meine Freundin, nicht der eines Bauern.

Schon der Hinweg bot uns allerlei Vergnügen. Bald verspotteten wir einander oder unsere Liebhaber, bald wurden wir von denen geneckt, die uns begegneten. Nikias, der Lustmolch, der sich auf dem Rückweg von Ich-weiß-nicht-woher befand, sagte zu uns: »Wohin des Weges miteinander? Wessen Feld geht ihr vertrinken? Glücklich ist der Ort, wohin ihr geht! Wie viele Feigen wird es dort geben!« Petale scheuchte ihn fort und machte sich auf schamlose Weise über ihn lustig. Er spuckte vor uns aus, nannte uns schmutzig und verschwand. Wir brachen Feuerdorn und Zweige und pflückten Anemonen – und dann waren wir plötzlich an unserem Ziel angelangt. Abgelenkt von den Späßen hatten wir gar nicht bemerkt, dass wir den Weg schneller zurückgelegt hatten als gedacht.

Sofort kümmerten wir uns um das Opfer. Nicht weit vom Gehöft entfernt befand sich ein Felsen, dessen Gipfel mit Lorbeerbäumen und mit Platanen dicht bewachsen war. Zu beiden Seiten standen Myrtensträucher; und wie in einer engen Umarmung breitete sich Efeu über den kahlen Stein aus und klares Quellwasser tropfte von ihm herab. Unter dem vorspringenden Felsen standen einige Bildnisse der Nymphen, und eine Statue des Pan spähte zu ihnen herüber, als wolle er die Najaden belauschen. Ihnen gegenüber errichteten wir ohne große Umstände einen Altar, legten dann Holzscheite und Opferkuchen darauf, opferten ein weißes Huhn, gossen einen Trank aus Honig und Milch darüber aus und streuten Weihrauch ins Feuer. Wir richteten viele Gebete an die Nymphen und mindestens ebenso viele an Aphrodite, damit sie uns, so erbaten wir flehentlich, reiche Liebesbeute schenkt.

Schließlich waren wir bereit für den festlichen Schmaus. »Lasst uns ins Haus gehen«, sagte Melissa, »und uns dort zu Tisch legen.« »Aber nein, bei den Nymphen und dem Pan hier!«, entgegnete ich. »Du siehst doch, wie lüstern er ist. Mit größtem Vergnügen möchte er uns hier berauscht sehen. Schau nur, wie der Boden rings unter den Myrtensträuchern von Tau benetzt und von einer üppigen Blütenpracht bunt gefärbt ist. Lieber möchte ich mich hier auf dieses Gras ausstrecken als drinnen auf jenen Teppichen und weichen Decken. Die Gelage unter freiem Himmel auf dem Land bieten mehr Freuden als drinnen in der Stadt.« »Ja, ja, du hast völlig recht!«, riefen alle. Sofort also brachen einige von uns Eibenzweige ab, andere aber Myrtenhölzer; wir breiteten unsere Mäntelchen darüber aus und schufen uns so ohne große Umstände ein Lager.

Der Boden war weich von Lotos und von Klee, in der Mitte verschönerten einige Hyazinthen und bunte Blumen den Anblick. Im Frühlingslaub sitzend sangen süß und beredt die Nachtigallen, vom feuchten Fels rieselten sanft Wassertropfen herab und erzeugten ein leises Geräusch, das trefflich zu unserem Frühlingsgelage passte. Der Wein war kein einheimischer, sondern ein italischer, von der Art, von der du, wie du erzähltest, sechs Krüge in Eleusis gekauft hast, sehr süß und in großer Menge. Es gab Eier, die wie Pobacken zitterten, sowie zartes Fleisch von Ziegen und von Haushühnern; außerdem verschiedene Milchspeisen, Honig- und Pfannkuchen – ich denke, man nennt sie Pytia und Skolex. Dann gab es noch Süßigkeiten in so großer Menge, wie sie uns das Land im Frühjahr von seinen Gaben so reichlich gewährt.

Danach kreisten ununterbrochen die Becher. Drei Mal musste auf die Freundschaft getrunken werden, aber ansonsten gab es keine Vorschriften. Für gewöhnlich wird bei Gelagen, bei denen keine Trinkregeln herrschen, durch das ständige Nippen am Wein mehr getrunken. Wir tranken aus kleinen Bechern, aber unablässig einen nach dem anderen. Megaras Dienerin Kroumation war dort und spielte auf der Flöte, und Simmiche sang Lieder zu ihrer Begleitung. Die Nymphen bei der Quelle waren erfreut. Als aber Plangon aufstand und im Tanz ihre Hüften schwang, da fehlte nicht viel und Pan wäre vom Felsen herab auf ihren Hintern gesprungen.

Die Musik ergriff sogleich unser Innerstes und so angetrunken, wie wir waren, stand uns der Sinn nach ... du weißt, wovon ich rede. Wir streichelten die Hände unserer Liebhaber, lockerten sanft ihre Fingergelenke und trieben in Dionysos' Gegenwart unsere Spielchen. Eine lehnte sich zurück, küsste ihren Partner und ließ ihn ihre Brüste berühren; und als ob sie sich einfach abwenden wollte, drückte sie ihren Unterleib gegen die Schenkel des Mannes. Schon waren bei uns Frauen die Leidenschaften erwacht – und so auch jene der Männer.

Also schlichen wir uns fort und fanden nicht weit entfernt ein schattiges Dickicht, ein Brautgemach, das uns in unserer damaligen Trunkenheit genügte. Dort erholten wir uns ein wenig vom Trinken und schlüpften ohne Begeisterung in unsere Kleider. Und dann band eine von uns Myrtenzweige zusammen, als wollte sie für sich selbst einen Kranz flechten, und sagte: »Sieh doch, meine Liebe, steht er mir?« Eine andere kehrte mit Veilchen zurück und sprach: »Wie lieblich sie duften!« Eine weitere holte unreife Äpfel aus dem Bausch ihres Gewandes hervor und zeigte sie mit den Worten: »Seht euch diese an!« Eine sang mit leiser Stimme vor sich hin, eine andere brach Blätter von den Zweigen und kaute auf ihnen herum, als würde sie schmollen. Das war wirklich äußerst lächerlich; denn obwohl wir alle aus demselben Grund aufgestanden waren, wollten wir es doch voreinander verbergen. Doch dann kamen von der anderen Seite her die Männer zu uns in das Gebüsch.

Nachdem wir uns ein wenig dem Liebesspiel hingegeben hatten, begann das Trinken von neuem. Doch die Nymphen schienen uns nicht mehr so anzublicken, wie sie es vorher getan hatten, Pan und Priapos dagegen betrachteten uns mit umso größerem Vergnügen. Dann gab es wieder zu essen: diese kleinen, mit Netzen gefangenen Vögel, Rebhühner, sehr süße Mosttrauben und Hasenrücken. Des Weiteren gab es Muscheln und Meerschnecken, die aus der Stadt herbeigebracht worden waren, einheimische Schnecken, Pilze, die an Erdbeerbäumen wachsen, sowie zur Stärkung des Magens mit Essig und Honig zubereitete Pastinakwurzeln. Schließlich wurde noch das aufgetischt, was wir am liebsten aßen: Lattich und Sellerie. Was meinst du, wie groß der Lattich war! Der Garten lag in der Nähe; wir alle riefen unseren Dienerinnen zu: »Zieh diesen heraus!« – »Bei Zeus, mir aber diesen!« – »Nicht den, sondern jenen dort!« Einige waren blätterreich und lang, andere gekräuselt wie lockiges Haar, wieder andere waren klein und ihre Blätter hatten einen gelblichen Schimmer. Selbst Aphrodite, so sagt man, liebt diese Sorte.

Nachdem wir also den Frühling genossen und unseren Appetit wieder angeregt hatten, zechten wir in sehr jugendlicher Weise, bis wir keinen Gedanken mehr daran verschwendeten, uns voreinander zu verstecken, und uns auch keine Mühe mehr gaben, unser Liebesspiel verschämt im Verborgenen zu spielen. So versetzte uns das ständige Zutrinken in dionysische Ekstase. Ich hasse den Hahn des Nachbarn, der mit seinem Krähen unseren Weinrausch verscheuchte.

Wenigstens vom Hören solltest du dieses Gelage mitgenießen – denn es war wahrlich üppig und einer verliebten Gesellschaft würdig –, auch wenn du an unserer Zecherei nicht teilnehmen konntest. Also wollte ich dir über alles einen ausführlichen Bericht schreiben, und ich tat es gerne. Wenn du dich wirklich unwohl fühlst, dann sieh zu, dass es dir bald wieder besser geht. Wenn du aber daheimbleibst, weil du darauf hoffst, dass dein Liebhaber kommt, dann sitzt du nicht ohne Grund zu Hause. Lebe wohl.

Brief XIV
Megara an Bakchis

Nur du hast einen Liebhaber, den du so sehr liebst, dass du dich nicht einmal für einen Augenblick von ihm trennen kannst. Bei der Herrin Aphrodite, das ist abscheulich! Glykera hatte dich schon vor so langer Zeit zu ihrer Opferfeier eingeladen – bereits während der Dionysien hatte sie uns davon unterrichtet –, doch du bist nicht gekommen. Vielleicht konntest du dich ihretwegen nicht dazu durchringen, deine Freundinnen zu sehen. Du bist tugendhaft geworden und liebst deinen Geliebten, glücklich über deinen guten Ruf! Wir dagegen sind schamlose Huren.

Auch Philo besaß einen Feigenholzstab. Bei der großen Göttin, ich bin wirklich wütend auf dich! Wir waren alle anwesend: Thettale, Moscharion, Thaïs, Anthrakion, Petale, Thryallis, Myrrhine, Chrysion und Euxippe. Selbst Philoumene, die erst kürzlich geheiratet hat und eifersüchtig bewacht wird, brachte ihren reizenden Ehemann zum Schlafen und gesellte sich zu uns, wenn auch erst spät. Nur du allein bist uns ferngeblieben, um wie Aphrodite deinen Adonis zu umsorgen, als würde Persephone ihn in ihre Gewalt bringen, wenn du ihn alleine lässt.

Was war das für ein Gelage so voller Genüsse! – Warum sollte ich dir nicht das Herz schwer machen? – Gesänge, Scherze, Trinken bis zum Hahnenschrei, Parfums, Kränze und Süßigkeiten. Unser Liegeplatz wurde von einigen Lorbeerbäumen beschattet. Nur eines fehlte uns: du, aber sonst nichts. Wir haben schon oft zusammen gefeiert, aber selten mit so viel Vergnügen. Aber was uns am meisten ergötzte: Zwischen Thryallis und Myrrhine brach ein heftiger Streit aus, wer von beiden den schöneren und glatteren Hintern habe. Myrrhine löste als erste ihren Gürtel. Sie schwang ihre Hüften, die durch das seidene Hemdchen wie dicke Honigmilch zitterten. Dabei blickte sie hinter sich auf die Bewegungen ihrer Pobacken und seufzte verstohlen, als würde sie ihrer Liebesarbeit nachgehen. Bei Aphrodite, das hat mich wirklich erstaunt.

Thryallis gab jedoch nicht auf, sondern übertrumpfte ihre Konkurrentin noch an Schamlosigkeit. »Ich werde nicht hinter Vorhängen verborgen antreten und mich nicht zieren«, so sprach sie, »sondern nackt wie bei einem gymnastischen Wettkampf; denn ein Kräftemessen liebt keine Ausflüchte.« Sie zog ihr Kleidchen aus, streckte ihre Hüften ein wenig und sagte: »Sieh her, Myrrhine, betrachte genau meine Haut, wie makellos sie ist, wie rein. Schau auf die purpurne Färbung der Hüften, auf den Übergang zu den Schenkeln, die weder zu dick noch zu mager sind, auf die Grübchen darüber. Aber, bei Zeus«, so fuhr sie lächelnd fort, »sie wackeln nicht wie bei Myrrhine.« Dann versetzte sie ihre Hinterbacken in ein solches Schwingen und wirbelte sie hin und her mit einer fließenden Bewegung bis über die Hüften, dass wir alle Beifall klatschten und Thryallis zur Siegerin erklärten. Es wurden dann noch die Hüften verglichen und es gab Wettkämpfe, wer die schönsten Brüste hat. Doch keine traute sich, ihren Bauch mit dem der Philoumene zu messen, denn sie hatte noch keine Kinder geboren und war davon noch nicht verunstaltet.

So verbrachten wir die ganze Nacht, sprachen schlecht von unseren Liebhabern und baten um neue – schließlich schmeckt eine neue Liebe immer süßer als eine alte. Berauscht vom Wein brachen wir schließlich auf und zogen lärmend und scherzend zum Haus des Deximachos in der Goldenen Gasse, wo der Weg zum Keuschbaum hinabführt, in der Nähe von Menephrons Haus. Thaïs ist nämlich wahnsinnig verliebt in ihn und das, bei Zeus, aus gutem Grund: Der junge Bursche hat kürzlich seinen Vater beerbt.

Nun, für dieses eine Mal vergeben wir dir deinen Hochmut. Aber wir werden das Adonisfest in Kollytos bei Thettales Liebhaber feiern. Thettale schmückt dort den Liebling der Aphrodite. Sieh zu, dass du kommst! Bring Blumen aus deinem Gärtchen mit, deinen Korallenschmuck und deinen Adonis, den du jetzt hätschelst; denn wir werden dort mit unseren Liebhabern zechen. Lebe wohl!

Brief XV

Philoumene an Kriton

Warum quälst du dich selbst mit der vielen Schreiberei? Fünfzig Goldstücke brauche ich und keine Briefe. Wenn du mich also liebst, gib mir das Geld; wenn du aber das Geld liebst, hör auf mich zu belästigen. Lebe wohl.

Brief XVI
Lamia an Demetrios

Du bist der Grund für meine Offenheit. Du, der du ein so mächtiger König bist, gestattest es sogar einer Hetäre, dir zu schreiben, und empfindest es nicht als Zumutung, meine Briefe anzunehmen, weil du mich ja ganz nimmst. Ich dagegen, mein Fürst Demetrios, wenn ich dich draußen sehe und höre mit deinen Leibwächtern, deinen Soldaten, deinen Gesandten und deinen Diademen, bei Aphrodite, werde von Entsetzen ergriffen, fürchte mich und gerate außer Fassung. Dann wende ich mich ab wie vor der Sonne, damit ich nicht geblendet werde. Dann scheinst du mir wirklich der Städtezerstörer Demetrios zu sein. Und wie du dann blickst, so streng und kriegerisch. Ich misstraue mir und sage zu mir selbst: »Lamia, schläfst du mit diesem Mann? Bezauberst du ihn die ganze Nacht hindurch mit deinem Flötenspiel? Hat dir dieser Mann jetzt eine Nachricht geschickt? Vergleicht er die Hetäre Gnathaina mit dir?«

Verwirrt schweige ich und bete, dich bei mir zu sehen; und wenn du kommst, werfe ich mich dir zu Füßen. Aber wenn du mich umarmst und zärtlich küsst, dann sage ich zu mir das genaue Gegenteil: »Ist das der Städtezerstörer? Ist das der Heerführer? Ist das der Mann, den Makedonien, den Griechenland, den Thrakien fürchten? Bei Aphrodite, heute werde ich ihn mit meinen Flöten erobern und sehen, was er mit mir macht.«

Bleib doch bis übermorgen! Denn dann wirst du – darum bitte ich dich – während des Aphrodite-Festes bei mir speisen. Ich richte diese Feier jedes Jahr aus und mache einen Wettbewerb daraus, sie jedes Mal schöner zu gestalten als die vorherigen. Ich werde dich mit dem Liebreiz der Aphrodite so einnehmend wie möglich empfangen, wenn du mir nur die dazu nötigen Mittel zur Verfügung stellst. Schließlich habe ich seit jener heiligen Nacht nie unwürdigen Gebrauch von deinen Gaben gemacht, obwohl du mir gestattet hast, über meinen Körper zu verfügen, wie ich es für richtig halte. Doch ich verhalte mich ehrbar und verkehre nicht mit anderen Männern. Ich werde mich nicht wie eine Hetäre verhalten, auch werde ich dich, mein Gebieter, nicht betrügen, wie es andere tun. Überhaupt, bei Artemis, schicken mir seit jener Zeit viele Männer keine Nachrichten mehr und bemühen sich nicht um mich, weil sie dir, dem Eroberer, Respekt zollen.

Schnell ist Eros, mein König, schnell kommt er und schnell entschwindet er. Die Hoffnung lässt ihm Flügel wachsen, doch schnell verliert er sie, wenn die Hoffnung schwindet. Deswegen wenden die Hetären einen besonders gewitzten Trick an, um ihre Verehrer unter Kontrolle zu halten: Sie zögern den Genuss ständig hinaus, halten die Hoffnung darauf aber am Leben. Bei einem mächtigen Mann wie dir ist eine solche List aber nicht möglich, so dass die Gefahr besteht, dass du meiner überdrüssig wirst. Wir Hetären sind also gezwungen, immer etwas tun zu müssen, um den Liebesgenuss zu unterbrechen, der ansonsten schnell fade würde: Manchmal geben wir uns unpässlich, manchmal singen wir, spielen die Flöte, tanzen, bereiten ein Mahl vor oder bringen das Haus in Ordnung. Die Seelen unserer Liebhaber sind durch die ständigen Unterbrechungen zugänglicher und leichter zu entflammen, weil sie fürchten müssen, ein neues Hindernis könnte sich vor dem Glück, das so nahe scheint, auftun. Bei anderen hätte ich wohl diese Vorsichtsmaßnahmen treffen und auf diese Tricks zurückgreifen können, mein König. Aber, bei den freundlichen Musen, ich brächte es nicht übers Herz, diese Täuschungen auch bei dir anzuwenden, bei dir, der du dich in der Öffentlichkeit mit mir zeigst und mich voller Stolz vor den anderen Hetären rühmst, dass ich sie alle überträfe. Ich habe kein solches Herz aus Stein! Selbst wenn ich alles aufgäbe, sogar mein Leben, nur um dir zu gefallen, würde ich die Kosten doch gering schätzen.

Ich weiß ganz genau, dass die Vorbereitungen für die Feier nicht nur im Haus des Therippides, in dem ich das Bankett anlässlich des Aphrodite-Festes ausrichten werde, sondern auch in der ganzen Stadt Athen und, bei Artemis, in ganz Griechenland für viel Aufsehen sorgen werden. Und vor allem die hassenswerten Spartaner, diese Füchse von Ephesos, werden, damit sie als echte Männer erscheinen, in ihren Taygetos-Bergen und in ihren Einöden nicht aufhören, über unsere Bankette zu lästern und ihre lykurgischen Gesetze gegen deine menschlichen Empfindungen anzuführen. Aber sollen sie nur, wenn es ihnen gefällt, mein Herr. Du aber denke nur daran, dir den Tag unseres Festes und die Stunde, die dir passt, freizuhalten. Denn die Stunde, die du wählst, ist die beste. Lebe wohl!

Brief XVII
Leontion an Lamia

Nichts ist, wie es scheint, schwieriger zufriedenzustellen als ein alter Mann, der sich gerade wieder wie ein Jüngling benimmt. Wie mich dieser Epikur kontrolliert! Alles tadelt er, alles betrachtet er mit Argwohn, er schreibt mir unverständliche Briefe und vertreibt mich aus seinem Garten. Bei Aphrodite, selbst wenn er mit seinen schon fast achtzig Jahren ein Adonis wäre, ich könnte ihn nicht ertragen, diesen von Läusen befallenen, kränklichen Mann, der lieber in Vlies gehüllt ist als in Filz.

Wie lange muss man diesen Philosophen erdulden? Soll er doch seine »Hauptlehrsätze über die Natur« und seine verdrehten »Richtlinien« behalten. Mir aber soll er gestatten, meiner Natur gemäß zu leben, als meine eigene Herrin, ohne Ärger und Beleidigungen. Ich habe an ihm wirklich einen »Belagerer«, nicht wie du, Lamia, an Demetrios. Denn es ist nicht möglich, durch diesen Menschen ein besseres Leben zu führen. Er will ein Sokrates sein mit seinem Geschwätz und seiner Ironie, er hält Pythokles für einen Alkibiades und glaubt, er könne mich zu seiner Xanthippe machen. Lieber werde ich am Ende aufbrechen und auf meiner Flucht von einem Land zum nächsten ziehen als seine unaufhörlichen Briefe ertragen.

Doch nun hat er sich die schrecklichste und unerträglichste Frechheit erlaubt. Und deshalb schreibe ich dir; vielleicht kannst du mir einen Rat geben, was ich tun soll. Du kennst doch den schönen Timarchos aus Kephisia. Ich leugne nicht – seit langer Zeit erfährst du immer die Wahrheit von mir, Lamia –, dass ich mit dem jungen Mann recht vertraut bin. Er war so ziemlich der erste, der mich die Liebe gelehrt hat; er hat mich entjungfert, als wir Nachbarskinder waren. Seit jener Zeit hat er nicht aufgehört, mir alle möglichen Geschenke wie Kleider, Gold, indische Dienerinnen und Diener zu schicken. Von allem anderen will ich schweigen. Von den Früchten der Jahreszeiten schickt er mir kleine Kostproben, damit niemand sie kosten kann, bevor ich es tue.

Von einem solchen Liebhaber sagt nun Epikur: »Sperr ihn aus und lass ihn nicht an dich herantreten!« Was glaubst du, welche Namen er ihm dann gibt? Nicht wie ein Athener oder wie ein Philosoph (klingt er dann, sondern wie ein Mann, der aus...) oder aus Kappadokien zum ersten Mal nach Hellas kommt. Bei Artemis, selbst wenn ganz Athen voller Epikure wäre, für mich würden sie alle nicht den Arm des Timarchos aufwiegen, ja nicht einmal seinen Finger.

Was sagst du, Lamia? Ist das nicht wahr? Habe ich nicht recht? Und komm nicht, bei Aphrodite, ich bitte dich, auf diesen Gedanken: »Aber er ist ein Philosoph, er ist berühmt, er hat viele Freunde.« Er soll nehmen, was ich habe, aber belehren soll er andere. Mich entflammt nicht der Ruhm, sondern das Objekt meiner Begierde; was ich aber begehre, bei Demeter, ist Timarchos. Außerdem war der junge Mann meinetwegen gezwungen, alles aufzugeben: das Lykeion, seine Jugend, seine Altersgenossen und ihre Gesellschaft, um mit Epikur zu leben, ihm zu schmeicheln und seine windigen Lehren zu preisen. Und dieser Atreus sagt: »Verschwinde aus meinem Revier und komm Leontion nicht zu nahe!« Als hätte Timarchos nicht das größere Recht zu sagen: »Halt du dich nur von der Meinigen fern.« Doch der Jüngling duldet den alten, erst spät hinzugekommenen Rivalen, der aber duldet den nicht, der das größere Recht hat.

Bei den Göttern, ich flehe dich an, Lamia, was soll ich machen? Bei den Mysterien, bei dem, was mir Erlösung von diesen Übeln bringt, wenn ich an die Trennung von Timarchos denke, läuft ein kalter Schauer durch meinen Körper, meine Gliedmaßen beginnen zu schwitzen, und das Herz will mir in Stücke reißen.

Ich bitte dich, nimm mich für einige Tage bei dir auf, und ich werde Epikur spüren lassen, wie gut es ihm ging, als er mich noch in seinem Haus hatte. Dann wird sein Hochmut bald verflogen sein, das weiß ich genau. Schnell wird er Metrodoros, Hermarchos und Polyainos als Gesandte zu mir schicken. Was glaubst du, Lamia, wie oft ich unter vier Augen zu ihm gesagt habe: »Was tust du, Epikur? Weißt du nicht, dass Timokrates, der Bruder des Metrodoros, dich deswegen in den öffentlichen Versammlungen, in den Theatern und vor den anderen Sophisten verspottet?« Aber was soll man mit ihm anstellen? Seine Liebe macht ihn schamlos, aber ich werde genauso schamlos sein wie er und meinen Timarchos nicht loslassen. Lebe wohl.

Brief XVIII
Menander an Glykera

Bei den eleusinischen Gottheiten und ihren Mysterien, bei denen ich dir, Glykera, oft geschworen habe, wenn wir alleine waren – ich sage und schreibe dies nicht, um mich zu rühmen, oder gar in der Absicht, dich preiszugeben. Denn wie könnte es mir getrennt von dir besser gehen? Auf was könnte ich stolzer sein als auf deine Liebe? Auch unser höchstes Alter wird mir durch deine Art und durch deinen Charakter wie die ewige Jugend erscheinen. Lass uns zusammen jung sein, lass uns zusammen alt werden und, bei den Göttern, lass uns zusammen sterben. Aber wir wollen spüren, dass wir zusammen sterben, Glykera, damit keiner von uns beiden im Hades Eifersucht verspürt, wenn der Überlebende ein neues Glück zu finden versucht. Mögen solche Versuche mir fernbleiben, wenn du nicht mehr bist; denn welches Glück gäbe es für mich dann noch zu finden?

Was mich nun drängt, dir zu schreiben, während ich in Piräus auf dem Krankenlager liege – du weißt um meine gewohnte Schwäche, die meine Gegner Weichlichkeit und Angeberei zu nennen pflegen –, du aber wegen der Haloa-Feierlichkeiten zu Ehren der Göttin in der Stadt geblieben bist, ist Folgendes: Ich habe von Ptolemaios, dem König Ägyptens, ein Schreiben erhalten, in dem er mich in aller Dringlichkeit bittet, zu ihm zu kommen. In königlicher Weise verspricht er, wie man so schön sagt, alle Güter dieser Erde, sowohl mir als auch dem Philemon. Man sagt, auch er habe einen Brief erhalten. Philemon selbst hat mir geschrieben und es wurde offenkundig, dass der an ihn gerichtete Brief weniger nachdrücklich und weniger ausgeschmückt ist als der für Menander bestimmte. Aber er wird selber nach seinen Angelegenheiten sehen und seine eigene Entscheidung treffen.

Ich werde nicht auf Ratschläge warten, denn du, Glykera, bist schon immer mein Urteil gewesen, meine Areopag-Versammlung, meine Heliaia, mein ein und alles und, bei Athena, du sollst es auch jetzt sein.

Den Brief des Königs lege ich bei, damit ich dich nicht zweimal beunruhige, wenn du dasselbe erst in meinen und dann in seinen Zeilen liest. Ich möchte aber, dass du weißt, für welche Antwort ich mich entschieden habe. Ein Schiff zu besteigen und nach Ägypten zu reisen, in solch ein fernes und abgelegenes Königreich, ziehe ich, bei den zwölf Göttern, nicht einmal in Erwägung. Aber selbst wenn Ägypten ganz in der Nähe auf Ägina läge, käme es mir nicht in den Sinn, mein Königreich, meine Liebe, zu verlassen und allein inmitten der großen Masse der Ägypter, getrennt von Glykera, auf eine vielbevölkerte Wüste zu schauen. Denn mit größerem Vergnügen und unter geringerer Gefahr bin ich lieber ein Diener in deinen Armen als an den Höfen der Satrapen und Könige. Gefährlich ist die Unterwürfigkeit, verächtlich die Schmeichelei und trügerisch das Glück. Die von Therikles geformten Schalen, die kostbaren Becher, das goldene Geschirr und all die Güter, die in den Palästen zu finden sind und dort nur Neid erwecken – all das würde ich nicht tauschen gegen die jährlichen Choen, die Lenäen in den Theatern, das gestrige Garbenbinden, die Übungen im

Lykeion und die herrliche Akademie. Bei Dionysos und seinen bakchischen Efeublättern, mit denen ich lieber bekränzt sein möchte, wenn Glykera zusieht und im Theater sitzt, als mit den Diademen des Ptolemaios. Denn wo in Ägypten werde ich eine Volksversammlung und die anschließende Abstimmung sehen? Wo eine demokratische Menge, die so viele Freiheiten genießt? Wo mit Efeu bekränzte Gesetzgeber in den heiligen Bezirken? Welchen mit Seilen umgrenzten Versammlungsplatz werde ich finden? Welche Wahl? Welches Topffest? Werde ich dort den Kerameikos sehen, den Markt, die Gerichtsplätze, die schöne Akropolis, die ehrwürdigen Göttinnen, die Mysterien, das benachbarte Salamis, die Meerenge, Psyttalia, Marathon, ganz Griechenland in Athen, ganz Ionien, alle Kykladen-Inseln? Soll ich all das und obendrein Glykera aufgeben und nach Ägypten reisen, um dort Gold und Silber und Reichtum zu erhalten? Mit wem soll ich das denn genießen? Etwa mit Glykera, die durch das weite Meer von mir getrennt ist? Würden mir diese Dinge ohne sie nicht wie Armut vorkommen? Würden nicht alle Schätze für mich zu Staub werden, wenn ich hörte, sie habe ihre heilige Liebe einem anderen geschenkt? Und wenn ich sterbe, werde ich meinen Schmerz mit ins Grab nehmen, meine Besitztümer aber werden offen für diejenigen daliegen, die die Macht haben, Unrecht zu tun. Ist es etwa eine große Sache, mit Ptolemaios und mit Satrapen und mit solcherart großen Schwätzern zu leben, deren Freundschaft nicht beständig und deren Feindschaft nicht ungefährlich ist?

Wenn Glykera mir wegen irgendeiner Sache heftig zürnt,

packe ich sie einfach und küsse sie herzlich. Ist sie dann immer noch zornig, bedränge ich sie noch mehr. Doch wenn sie fortfährt, missmutig zu sein, versinke ich in einem Meer aus Tränen. Und deshalb, wenn sie meinen Kummer nicht länger zu ertragen vermag, gibt sie schließlich nach. Denn sie hat weder Soldaten, noch Speerträger noch Wachen – all das bin ich für sie.

Es ist sicherlich etwas Großes und Wunderbares, den schönen Nil zu sehen. Aber ist es nicht auch etwas Großes, den Euphrat zu sehen? Die Donau zu betrachten? Zählen nicht auch der Thermodon, der Tigris, der Halys und der Rhein zu den mächtigen Strömen? Wollte ich zu allen diesen Flüssen reisen, würde mir mein Leben durch die Finger gleiten und ich könnte Glykera nicht sehen. Und der Nil, wie schön er auch ist, wird bevölkert von wilden Tieren und es ist nicht möglich, sich seinen Strömungen zu nähern wegen der vielen Gefahren, die darin lauern.

Möge es mir vergönnt sein, König Ptolemaios, immer mit attischem Efeu bekränzt zu werden. Möge es mir vergönnt sein, einen Hügel und ein Grab im Land meiner Ahnen zu bekommen, jedes Jahr dem Dionysos an seinem Altar Hymnen zu singen, die Mysterienriten durchzuführen, ein neues Stück bei den alljährlichen Aufführungen auf die Bühne zu bringen, lachend und fröhlich, ängstlich und furchtsam – und am Ende siegreich.

Philemon soll ruhig das Glück haben, in Ägypten die mir bestimmten Güter zu bekommen. Philemon hat keine Glykera und vermutlich ist er eines solchen Schatzes auch gar nicht würdig. Dich aber, meine kleine Glykera, bitte ich, eiligst auf deinem gesattelten Maultier zu mir geflogen zu kommen, sobald die Haloa beendet sind. Ein längeres und ungelegeneres Fest habe ich noch nie erlebt. Verzeih mir, Demeter!

Brief XIX
Glykera an Menander

Das Schreiben des Königs, das du mir geschickt hast, habe ich sogleich gelesen. Bei Kalligeneia, in deren Heiligtum ich nun bin, ich geriet vor Freude ganz außer mir, Menander, und konnte diese Freude vor den Anwesenden nicht verbergen. Meine Mutter und Euphronion, eine meiner Schwestern, waren zugegen sowie eine meiner Freundinnen, die du kennst. Sie hat oft bei dir gespeist und du lobtest sie für ihr reines Attisch, das sie sprach. Und doch wirkte es so, als würdest du dich davor fürchten, sie zu loben. Deswegen musste ich lächeln und küsste dich umso inniger. Erinnerst du dich nicht, Menander?

Als sie auf meinem Gesicht und in meinen Augen die außergewöhnliche Freude sahen, fragten sie: »Liebe Glykera, welch großes Glück wurde dir zuteil, so erfreulich und wünschenswert, dass du uns an Seele und Körper und überhaupt in allem ganz verändert erscheinst? Dein Körper glänzt und strahlt ja geradezu.« Und ich antwortete: »Ptolemaios, der König Ägyptens, lädt meinen Menander zu sich ein und bietet ihm dafür sozusagen die Hälfte seines Königreichs.« Dabei sprach ich mit lauter und eindringlicher Stimme, damit alle Umstehenden es hören konnten. Und während ich sprach, schwenkte ich den Brief mit dem königlichen Siegel hin und her. »Du freust dich also, verlassen zu werden?«, fragten sie. Aber das war es nicht, Menander. Bei den Göttinnen, unter keinen Umständen – selbst wenn der sprichwörtliche Ochse zu mir spräche – könnte ich glauben, dass Menander jemals willens oder in der Lage wäre, seine Glykera in Athen zurückzulassen und alleine in Ägypten wie ein König inmitten all der Reichtümer zu leben.

Nach dem Brief zu urteilen, den ich gelesen habe, weiß der König offensichtlich von meiner Beziehung zu dir und will dich mit leisen Andeutungen auf seine ägyptische Art mit attischem Witz aufziehen. Ich freue mich darüber, dass die Kunde von unserer Liebe über das Meer zu ihm nach Ägypten gelangt ist. Und gewiss kam er aus dem, was er gehört hat, zu der Einsicht, dass er sich um etwas Unmögliches bemüht, wenn er danach strebt, Athen zu sich zu holen. Denn was wäre Athen ohne Menander? Und was wäre Menander ohne Glykera? Ohne mich, die für ihn die Masken zurechtmacht und die Kostüme anzieht, die in den Kulissen steht und zitternd die Daumen drückt, bis Beifall im Theater aufbrandet. Dann, bei Artemis, atme ich auf und umarme dich und nehme das göttliche Haupt jener Schauspiele in meine Hände.

Doch der Grund für meine Freude, Menander, den ich meinen Lieben offenbarte, war der folgende: Nicht allein Glykera liebt dich, sondern auch Könige von jenseits des Meeres, und dein Ruf in fernen Ländern kündet von deiner Vortrefflichkeit.

Ägypten und der Nil, das Vorgebirge des Proteus und der Leuchtturm von Pharos, sie alle sind nun voller Erwartung und wünschen Menander zu sehen sowie die Geizhälse, die Verliebten, die Abergläubischen, die Misstrauischen, die Väter, die Söhne, die Diener und überhaupt jeden Charakter, der in deinen Stücken auftritt, zu hören. Diese werden sie zwar hören können, Menander jedoch werden sie nicht zu Gesicht bekommen. Es sei denn, sie kämen zu Glykera nach Athen und sähen mein Glück: Menander, der durch seinen Ruhm überall bekannt ist und der Tag und Nacht in meinen Armen liegt.

Solltest du aber doch das Verlangen in dir spüren nach den Gütern, die dort auf dich warten, oder nach nichts anderem als nach Ägypten, dem großen Wunder, nach den dort stehenden Pyramiden, nach den tönenden Statuen, nach dem berühmten Labyrinth und nach den anderen Dingen, die bei ihnen wegen ihres Alters und ihrer Kunstfertigkeit geschätzt werden, dann, so bitte ich dich, Menander, nimm mich nicht zum Vorwand. Die Athener, die jetzt schon die Getreidescheffel zählen, die der König ihnen deinetwegen schicken wird, sollen mich nicht deswegen hassen. Geh also, unter dem Schutz aller Götter, mit gutem Glück, mit günstigen Winden und mit Zeus, dem die Winde gehorchen.

Doch ich werde nicht von deiner Seite weichen. Denk bitte nicht, dass ich das damit sagen wollte. Ich könnte dich auch dann nicht verlassen, wenn ich es wollte. Stattdessen werde ich von meiner Mutter und meinen Schwestern Abschied nehmen und werde zu einer Matrosin werden, um mit dir zu segeln. Ganz gewiss werde ich die Reise über das Meer gut vertragen, da bin ich mir sicher. Auch wenn das Ruder bricht, werde ich mich um deine Übelkeit kümmern, ich werde dich in deiner Seekrankheit hegen und pflegen. Als eine Ariadne ohne Faden werde ich dich – keinen Dionysos zwar, aber doch einen Diener und Verkünder des Dionysos – nach Ägypten führen. Auch werde ich nicht deine

Untreue bejammernd und beklagend auf Naxos und in Meereswüsten verlassen werden. Hinweg mit Leuten wie Theseus und den heimtückischen Vergehen der Alten!

Für uns ist jeder Ort sicher, die Stadt Athen, Piräus und auch Ägypten. Es gibt keinen Platz auf der Welt, der unsere Liebe nicht vollständig aufnehmen könnte. Selbst wenn wir auf einem Felsen wohnten, ich bin sicher, unsere gegenseitige Zuneigung würde ihn zu einem Heiligtum der Aphrodite machen. Ich bin davon überzeugt, dass du ganz und gar nicht nach Geld, Überfluss oder Reichtum strebst, sondern dass du dein Glück in mir und in deinen Theaterstücken findest. Aber die Verwandten, das Vaterland, die Freunde, sie alle bedürfen – wie du ja wohl weißt – stets vieler Dinge, sie wollen reich sein und gute Geschäfte machen. Du wirst mir niemals, weder im Kleinen noch im Großen, irgendwelche Vorwürfe machen, dessen bin ich mir gewiss. Vor langer Zeit hast du dich mir aus Leidenschaft und Liebe ergeben, nun hast du diesen Emotionen noch dein wohldurchdachtes Urteil hinzugefügt. Darauf kann ich mehr vertrauen, Menander, weil ich die Kurzlebigkeit der leidenschaftlichen Liebe fürchte. Denn die Liebe aus Leidenschaft ist ebenso heftig wie schnell vergänglich. Die Beziehung derer jedoch, die mit Besonnenheit lieben, ist stärker; sie entbehrt nicht der Lust und Fülle, kennt aber keine Furcht. Du wirst der gleichen Ansicht sein, weil du mich oft in diesen Dingen belehrst und unterweist.

Aber auch wenn du mir keine Vorwürfe machst und mich nicht tadelst, so fürchte ich doch die attischen Wespen, die anfangen, mich von allen Seiten zu umschwärmen, sobald ich hinausgehe, als hätte ich die Stadt der Athener ihres Reichtums beraubt. So bitte ich dich, Menander, warte noch ein Weilchen und schicke dem König noch keine Antwort. Überdenke die Angelegenheit noch einmal. Warte bis wir zusammen sind, auch zusammen mit unseren Freunden Theophrast und Epikur. Vielleicht gelangen sie zu einer anderen Einschätzung als du. Lass uns lieber Opfer darbringen und schauen, was die Opfer uns raten, ob es besser für uns sei, nach Ägypten zu reisen oder zu bleiben. Auch sollten wir um Auskunft nach Delphi schicken, um das dortige Orakel zu befragen, denn der Gott ist uns seit Urväter Zeiten eng verbunden. So werden wir in jedem Fall die Götter als Entschuldigung haben, egal, ob wir uns zum Gehen oder zum Bleiben entscheiden. Besser noch, ich werde folgendes tun: Ich kenne eine Frau, die erst neulich aus Phrygien gekommen ist und die in solchen Dingen große Erfahrung besitzt. Sie ist geschickt in der Kunst der Gastromantie, indem sie des Nachts Schnüre spannt und die Götter beschwört. Und wir müssen nicht allein ihren Worten vertrauen, sondern können es selbst sehen, wie man sagt. Ich werde also nach ihr schicken. Die Frau muss, so sagt sie, ein Reinigungsritual durchführen und Tiere für die Opferung, starken Weihrauch, reichlich Styrax-Harz, mondförmige Opferkuchen und Blätter vom wilden Keuschschlamm vorbereiten.

Ich denke, dass du rechtzeitig aus Piräus hierher kommen kannst. Oder lass mich genau wissen, bis wann du deine Glykera nicht sehen kannst, damit ich zu dir eile und diese Phrygierin zur sofortigen Bereitschaft halte. Selbst wenn du versuchen solltest, mich, Piräus, dein kleines Landgut und Mounychia rasch aus deinen Gedanken zu verbannen – ich kann das nicht tun, bei den Göttern! Und auch du kannst es nicht, bist du doch schon gänzlich mit mir verbunden. Selbst wenn alle Könige dir Briefe schicken würden, ich bin an deiner Seite mehr Königin als sie alle und ich habe in dir einen treuen Liebhaber gefunden, der sich an seine heiligen Schwüre erinnert.

Und so, mein Liebster, versuche möglichst schnell in die Stadt zu kommen, damit du, falls du deine Meinung bezüglich der Reise zum König änderst, deine Stücke gut vorbereitet hast; vor allem solche Stücke, aus denen Ptolemaios und sein Dionysos – der kein demokratischer ist, wie du weißt – den größten Nutzen ziehen können, sei es die »Thaïs«, der »Verhasste«, der »Thrasyleon«, das »Schiedsgericht«, das »Misshandelte Mädchen«, der »Mann aus Sikyon« oder andere Komödien.

Doch wie jetzt? Bin ich eine übermütige und verwegene Frau, dass ich die Stücke des Menander beurteile? Nein, meine Liebe zu dir ist weise und verleiht mir die Fähigkeit, diese Dinge zu verstehen. Denn du hast mich, eine schöne Frau, gelehrt, schnell von ihren Liebhabern zu lernen; und die Liebhaber geben ihr Wissen rasch weiter. Wir müssten uns schämen, bei Artemis, eurer unwürdig zu sein, wenn wir nicht schneller lernten.

Ich bitte dich inständig, Menander, auch jenes Stück vorzubereiten, für das du eine Rolle nach meinem Vorbild geschrieben hast, damit ich in anderer Form zu Ptolemaios segle, selbst wenn ich dich nicht persönlich begleiten kann.

Der König würde dann in aller Deutlichkeit merken, wie groß sein Einfluss auf dich ist, dass du zwar deine niedergeschriebenen Lieben mit dir bringst, deine wahre Liebe aber in der Stadt zurücklässt.

Aber du wirst sie nicht zurücklassen, sei dir dessen sicher! Bis du aus Piräus hierher zu mir kommst, werde ich das Steuern und das Rudern lernen, damit ich dich beim Segeln mit meinen eigenen Händen unberührt von den Wogen über das Meer lenken kann, wenn dies als die bessere Wahl erscheint. All ihr Götter, möge das geschehen, was uns beiden zum Vorteil gereicht; und möge die Phrygierin Nützliches verkünden, besser als dein »Weissagendes Mädchen«. Lebe wohl.

Brief XX
Die Hetären von Korinth an die Hetären in der Stadt Athen

Habt ihr noch nicht von den neuesten Ereignissen gehört? Habt ihr noch nicht vom neuen Namen unter den Hetären gehört? Welch ein großes Bollwerk wurde gegen uns errichtet. Laïs, wie ein wildes Tier vom Maler Apelles gebändigt. Ihr Unglücklichen! Schließt eure Buden, oder besser noch: Schließt euch selbst ein! Eine einzige Frau gibt es, die ganz Griechenland nun in Aufregung versetzt, eine einzige! Laïs in den Barbierstuben, Laïs in den Theatern, in den Versammlungen, in den Gerichten, im Rat, überall! Bei Aphrodite, alle reden über sie, und die Stummen und Tauben künden einander durch Nicken von ihrer Schönheit. So verleiht Laïs selbst denen eine Stimme, die nicht sprechen können. Und das zu Recht! Denn bekleidet zeigt sie das schönste Gesicht, ausgezogen aber erscheint sie ganz wie ihr Antlitz, weder zu dürr noch zu fleischig, sondern von der Art, die wir als dünn, und doch voller Saft bezeichnen. Ihr Haar ist von Natur aus lockig, blond, ohne Kunstmittel gefärbt, und fällt sanft über ihre Schultern. Ihre Augen, bei Artemis, sind runder als der Vollmond; und ihre Pupillen sind vom schwärzesten Schwarz und das Weiß drumherum ***

Anmerkungen

BRIEF I

Absender und Empfänger sind in den Manuskripten nicht überliefert, lassen sich aus dem Inhalt aber zweifelsfrei erschließen. Ob auch der Anfang des Textes verloren ist, ist unklar.

Phryne: eine der berühmtesten Hetären des 4. Jh. v. Chr. Zu ihren bekanntesten Liebhabern gehörten der Bildhauer Praxiteles und der Redner Hypereides.

Praxiteles: führender athenischer Bildhauer des 4. Jh. v. Chr. Eines seiner bekanntesten Werke war die für ihre Schönheit gerühmte Aphrodite von Knidos, der erste weibliche Akt in der griechischen Großplastik. Angeblich soll Praxiteles' Geliebte Phryne ihm dafür Modell gestanden haben.

Thespiai: Stadt im mittelgriechischen Böotien; Phrynes Heimatort und bekannt für sein Eros-Heiligtum mit der von Praxiteles geschaffenen Statue des Gottes.

BRIEF II

Glykera: Hetäre aus der zweiten Hälfte des 4. Jh. v. Chr.; Geliebte des Harpalos, des Schatzmeisters Alexanders des Großen, und des Komödiendichters Menander (s. Briefe XVIII–XIX).

Bakchis: aus Komödien bekannter Hetärenname.

Menander: Komödiendichter aus Athen (342/41 bis 291/90 v. Chr.), bedeutendster Vertreter der sog. Neuen Komödie.

Istmische Spiele: jedes zweite Jahr veranstaltete Wettkampfspiele, benannt nach dem Isthmos, der Landenge bei Korinth, wo die Spiele stattfanden.

Chremes oder Pheidylos: Namen typischer Komödiencharaktere.

BRIEF III

Die Briefe III–V nehmen Bezug auf den Prozess gegen die Hetäre Phryne (s. Brief I). Sie wurde nach 350 v. Chr. in Athen wegen Asebie (Religionsfrevel) angeklagt, aber nach erfolgreicher Verteidigung durch den Redner

Hypereides freigesprochen.

Bakchis: aus Komödien bekannter Hetärenname.

Hypereides: Redner und Politiker, lebte von 390/89 bis 322 v. Chr. Gehörte im 4. Jh. v. Chr. zu den führenden Staatsmännern Athens. Bekannt für seinen ausschweifenden Lebenswandel. Seine Verteidigungsrede zugunsten Phrynes ist nicht erhalten.

Phryne: eine der berühmtesten Hetären des 4. Jh. v. Chr. Zu ihren bekanntesten Liebhabern gehörten der Bildhauer Praxiteles und der Redner Hypereides.

Euthias: ehemaliger Liebhaber Phrynes.

BRIEF IV

Bakchis: aus Komödien bekannter Hetärenname.

Phryne: eine der berühmtesten Hetären des 4. Jh. v. Chr. Zu ihren bekanntesten Liebhabern gehörten der Bildhauer Praxiteles und der Redner Hypereides.

Hypereides: Redner und Politiker, lebte von 390/89 bis 322 v. Chr. Gehörte im 4. Jh. v. Chr. zu den führenden Staatsmännern Athens. Bekannt für seinen ausschweifenden Lebenswandel. Seine Verteidigungsrede zugunsten Phrynes ist nicht erhalten.

Euthias: ehemaliger Liebhaber Phrynes.

dein Kleid nicht zerrissen: Der Legende zufolge soll Phryne, weil sie eine Verurteilung befürchtete, ihre Kleider zerrissen haben, um Mitleid bei den Richtern zu erregen. Nach einer anderen Überlieferung war es ihr Verteidiger Hypereides, der ihren Busen entblößte.

BRIEF V

Bakchis: aus Komödien bekannter Hetärenname.

Myrrhine: Hetäre und zeitweise Geliebte des Hypereides.

Phryne: eine der berühmtesten Hetären des 4. Jh. v. Chr. Zu ihren bekanntesten Liebhabern gehörten der Bildhauer Praxiteles und der Redner Hypereides.

Hypereides: Redner und Politiker, lebte von 390/89 bis 322 v. Chr. Gehörte im 4. Jh. v. Chr. zu den führenden Staatsmännern Athens. Bekannt für seinen ausschweifenden Lebenswandel. Seine Verteidigungsrede zugunsten Phrynes ist nicht erhalten.

BRIEF VI

Thaïs: eine der bekanntesten Hetären der Antike, soll die Geliebte von Alexander dem Großen und später von Ptolemaios I. gewesen sein.

Thettale: Name einer Hetäre (»die Thessalierin«), bekannt auch als Titelgestalt einer Komödie Menanders.

Haloa: Erntefest zu Ehren der Korngöttin Demeter und ihrer Tochter Persephone. Die Teilnahme an den Festlichkeiten war den Frauen vorbehalten.

Nemesis: Göttin des gerechten Zorns und der Rache.

BRIEF VII

Thaïs: eine der bekanntesten Hetären der Antike, soll die Geliebte von Alexander dem Großen und später von Ptolemaios I. gewesen sein.

Euthydemos: Nimmt vielleicht Bezug auf den Sophisten Euthydemos aus Platons gleichnamigen Dialog.

Sophist: Gelehrter, Weisheitslehrer.

Akademie: Name eines außerhalb von Athen gelegenen Gymnasions (Übungsstätte). Platon gründete dort im frühen 4. Jh. v. Chr. seine philosophische Schule.

Aspasia: eine für ihre Zeit außergewöhnlich gebildete Frau aus Milet. Sie war die Lebensgefährtin des athenischen Staatsmanns Perikles (495/90–429 v. Chr.) und nahm regen Anteil am intellektuellen Leben Athens; wurde in der attischen Komödie als Hetäre verunglimpft.

Sokrates: griechischer Philosoph (469–399 v. Chr.), wurde in Athen zu Unrecht der Gottlosigkeit und des schlechten Einflusses auf die Jugend angeklagt und zum Tode verurteilt.

Perikles: athenischer Staatsmann (495/90–429 v. Chr.). Unter Perikles erlebte Athen eine politische und kulturelle Blüte.

Kritias: athenischer Politiker und Schriftsteller aus vornehmer Familie (um 460–403 v. Chr.). Gehörte nach Ende des Peloponnesischen Krieges zum für seine Grausamkeit berüchtigten oligarchischen Regime der »Dreißig Tyrannen«.

Lykeion: Name eines außerhalb von Athen gelegenen Gymnasions (Übungsstätte). Aristoteles gründete dort im späten 4. Jh. v. Chr. seine philosophische Schule.

BRIEF VIII

Simalion: Liebhaber der Hetäre Petale.

Petale: Name einer nicht näher bekannten Hetäre.

BRIEF IX

Petale: Name einer nicht näher bekannten Hetäre.

Simalion: Liebhaber der Hetäre Petale.

Myrrhinos: ein Demos (Gemeinde) im östlichen Attika.

Silberminen: die Silberminen im Laurion-Gebirge im südöstlichen Attika.

Chariten: in der griechischen Mythologie drei niedere weibliche Gottheiten der Anmut, Schönheit und Fruchtbarkeit.

BRIEF X

Myrrhine: Hetäre und zeitweise Geliebte des Redners Hypereides.

Nikippe: Name einer nicht näher bekannten Hetäre.

Adonisfestes: im Juni/Juli gefeiertes religiöses Fest zu Ehren des Adonis, des Geliebten der Aphrodite. Das Fest versinnbildlichte das Vergehen und Werden in der Natur.

Nemesis: Göttin des gerechten Zorns und der Rache.

BRIEF XI

Menekleides: der Geliebte der verstorbenen Hetäre Bakchis; in Brief IX als Liebhaber der Philotis erwähnt.

Euthykles: ein Freund des Menekleides.

Bakchis: aus Komödien bekannter Hetärenname.

Chariten: in der griechischen Mythologie drei niedere weibliche Gottheiten der Anmut, Schönheit und Fruchtbarkeit.

Meder: Das Kerngebiet Mediens lag im heutigen irakisch-iranischen Grenzgebiet.

Moiren: Schicksalsgöttinnen.

Sirenen: Fabelwesen der griechischen Mythologie, die mit ihrem betörenden Gesang vorbeifahrende Seefahrer anlockten.

Peitho: Göttin der Überredung und Verführung.

Theagenes: Lukian (Catapl. 6) erzählt von einem Philosophen Theagenes, der sich wegen einer Hetäre aus Megara selbst tötete.

BRIEF XII

Das Ende des Briefs ist nicht erhalten.

Leaina: Hetäre aus Korinth, u. a. Geliebte des makedonischen Feldherrn und Diadochenherrschers Demetrios Poliorketes (337/6–283 v. Chr.). Die Athener weihten ihr als Verkörperung der Aphrodite einen Tempel.

Philodemos: nicht näher bekannter Liebhaber der Leaina.

Mysterien: wahrscheinlich die Eleusinischen Mysterien zu Ehren der Korngöttin Demeter und ihrer Tochter Persephone.

Nemesis: Göttin des gerechten Zorns und der Rache.

BRIEF XIII

Überschrift und Anfang des Briefs sind nicht erhalten.

Nymphen: Naturgottheiten in der Gestalt schöner, junger Frauen.

zwanzig Stadien: ungefähr 3,5 Kilometer.

Feigen: Anspielung auf die weiblichen Geschlechtsteile, die im Griechischen als »Feigen« umschrieben werden konnten.

Pan: Gott der Hirten, der Natur und der Fruchtbarkeit, oft in Begleitung von Nymphen.

Najaden: Quell- und Seenymphen.

Pytia und Skolex: Pytia war eine Art Kuchen, zu dessen Zubereitung Milch verwendet wurde; Skolex war ein Gebäck von wurmförmiger Gestalt.

Dionysos: Gott des Weins, der Ekstase und des Theaters.

Priapos: griechischer Fruchtbarkeitsgott, Sohn des Dionysos und der Aphrodite.

BRIEF XIV

Megara: nicht näher bekannte Hetäre.

Bakchis: aus Komödien bekannter Hetärenname.

Glykera: bekannte Hetäre aus der zweiten Hälfte des 4. Jh. v. Chr. Geliebte des Harpalos, des Schatzmeisters Alexanders des Großen, und des Komödiendichters Menander (s. Briefe XVIII–XIX).

Dionysien: Die ländlichen oder Kleinen Dionysien wurden im Dezember/Januar, die städtischen oder Großen Dionysien im März/April mit Umzügen und Theateraufführungen gefeiert.

Auch Philo...Feigenholzstab: Redensart unklarer Herkunft und Bedeutung.

Adonis: ein wunderschöner Jüngling, in den sich sowohl die Liebesgöttin

Aphrodite als auch die Unterweltsgöttin Persephone verliebt hatten. Auf Anordnung des Zeus musste Adonis ein Drittel seiner Zeit mit Aphrodite, ein weiteres Drittel mit Persephone verbringen. Über das letzte Drittel konnte er frei verfügen.

Adonisfest: im Juni/Juli gefeiertes religiöses Fest zu Ehren des Adonis, des Geliebten der Aphrodite. Das Fest versinnbildlichte das Vergehen und Werden in der Natur.

Kollytos: Name eines Demos (Gemeinde) in Athen, westlich und südlich der Akropolis.

BRIEF XV

Philoumene: nicht näher bekannte Hetäre.

Kriton: Liebhaber der Philoumene.

BRIEF XVI

Lamia: athenische Hetäre, seit 306 v. Chr. Geliebte des makedonischen Feldherrn und Diadochenherrschers Demetrios Poliorketes (337/6–283 v. Chr.). Die Athener weihten ihr – wie auch der Leaina (s. Brief XII) – als Verkörperung der Aphrodite einen Tempel.

Demetrios: Demetrios I. Poliorketes (»Städteeroberer«, 337/6–283 v. Chr.), bedeutender makedonischer Feldherr und Diadochenherrscher in der Nachfolge Alexanders des Großen.

Städtezerstörer: Beiname des Demetrios (griech. Poliorketes).

Gnathaina: berühmte athenische Hetäre.

Eros: Sohn der Aphrodite und des Ares, Liebesgott von verspielter Wesensart.

Füchse von Ephesos: Die Redensart »Wenn sie Griechenland verlassen, werden die Löwen zu Füchsen in Ephesos« nimmt Bezug auf den spartanischen Flottenkommandanten Lysander, der während des Peloponnesischen Krieges in der reichen ionischen Stadt Ephesos in großem Luxus lebte.

Taygetos-Bergen: Gebirgszug auf der Peloponnes zwischen Lakonien und Messenien.

lykurgischen Gesetzen: Lykurg war ein legendärer Gesetzgeber in Sparta.

BRIEF XVII

Leontion: athenische Hetäre, Schülerin und angeblich auch Geliebte des Philosophen Epikur.

Lamia: athenische Hetäre, seit 306 v. Chr. Geliebte des makedonischen Feldherrn und Diadochenherrschers Demetrios Poliorketes (337/6–283 v. Chr.; s. Brief XVI). Die Athener weihten ihr – wie auch der Leaina (s. Brief XII) – als Verkörperung der Aphrodite einen Tempel.

Epikur: griechischer Philosoph (342/1–271/70 v. Chr.).

Garten: Die Schule des Epikur lag in einem Garten außerhalb Athens, weshalb sie schlicht *kêpos* (Garten) genannt wurde.

Adonis: ein wunderschöner Jüngling, in den sich sowohl die Liebesgöttin Aphrodite als auch die Unterweltsgöttin Persephone verliebt hatten. Auf Anordnung des Zeus musste Adonis ein Drittel seiner Zeit mit Aphrodite, ein weiteres Drittel mit Persephone verbringen. Über das letzte Drittel konnte er frei verfügen.

Hauptlehrsätze...Richtlinien: Hauptwerke des Epikur; die »Hauptlehrsätze« und »Über die Natur« waren zwei eigenständige Werke.

Belagerer: Ein Wortspiel, das sich auf den Beinamen »Städtezerstörer« von Demetrios, Lamias Liebhaber, bezieht.

Sokrates: griechischer Philosoph (469–399 v. Chr.); wurde in Athen zu Unrecht der Gottlosigkeit und des schlechten Einflusses auf die Jugend angeklagt und zum Tode verurteilt.

Pythokles: Schüler und angeblich auch Geliebter des Epikur.

Alkibiades: athenischer Staatsmann und Feldherr (um 450–404 v. Chr.), Schüler des Sokrates.

Xanthippe: Ehefrau des Sokrates.

Timarchos: Plutarch (Adv. col. 1117b) berichtet von einem Timarchos, der aufgefordert wurde, der epikureischen Lehre zu folgen.

Kephisia: ein Demos (Gemeinde) in Attika.

Lykeion: Name eines außerhalb von Athen gelegenen Gymnasions (Übungsstätte). Aristoteles gründete dort im späten 4. Jh. v. Chr. seine philosophische Schule.

Kappadokien: Landschaft in Zentralanatolien, galt als wild und rückständig.

Atreus: in der griechischen Mythologie ein für seine Grausamkeit berüchtigter König von Mykene.

Metrodoros, Hermarchos und Polyainos: Schüler des Epikur.

Timokrates: Schüler und später scharfer Kritiker des Epikur.

Sophist: Gelehrter, Weisheitslehrer.

Menander: Komödiendichter aus Athen (342/41 bis 291/90 v. Chr.), bedeutendster Vertreter der sog. Neuen Komödie.

Glykera: bekannte Hetäre aus der zweiten Hälfte des 4. Jh. v. Chr. Geliebte des Harpalos, des Schatzmeisters Alexanders des Großen, und des Komödiendichters Menander.

eleusinische Gottheiten: die im Heiligtum von Eleusis bei Athen verehrten Göttinnen Demeter und Persephone.

Hades: die Unterwelt, das Reich der Toten.

Haloa: Erntefest zu Ehren der Korngöttin Demeter und ihrer Tochter Persephone. Die Teilnahme an den Festlichkeiten war den Frauen vorbehalten.

Ptolemaios: Ptolemaios I. Soter (377/6–282 v. Chr.), einer der Generäle Alexanders des Großen und später Begründer der Ptolemäer-Dynastie in Ägypten.

Philemon: attischer Komödiendichter des 3. Jh. v. Chr.

Areopag-Versammlung: Der nordwestlich der Akropolis gelegene Areopag (»Ares-Hügel«) war der Versammlungsort des gleichnamigen Gerichtshofs (für Blutgerichtsbarkeit und sakrale Angelegenheiten).

Heliaia: oberstes Gericht in Athen, zuständig für fast alle Straf- und Zivilangelegenheiten.

Ägina. Insel südwestlich von Athen.

Satrapen: Provinzstatthalter.

Therikles: in der Antike hochgelobter Töpfer aus Korinth, um 400 v. Chr. in Athen tätig.

Choen: Die Choen (»Kannenfest«) wurden am zweiten Tag des dreitägigen Anthesterien-Festes im Februar/März gefeiert; Höhepunkt war ein Wetttrinken aus großen Krügen.

Lenäen: im Januar/Februar gefeiertes Fest mit Theaterwettkämpfen zu Ehren des Dionysos.

Lykeion: Name eines außerhalb von Athen gelegenen Gymnasions (Übungsstätte). Aristoteles gründete dort im späten 4. Jh. v. Chr. seine philosophische Schule.

Akademie: Name eines außerhalb von Athen gelegenen Gymnasions (Übungsstätte). Platon gründete dort im frühen 4. Jh. v. Chr. seine philosophische Schule.

bakchischen Efeublättern: Ein Kranz aus Efeu, der heiligen Pflanze des Theatergottes Dionysos/Bakchos, wurde dem Sieger der Theaterwettkämpfe verliehen.

Topffest: der dritte Tag des Anthesterien-Festes (s. o. zu *Choen*).

Kerameikos: das Töpferviertel von Athen.

die ehrwürdigen Göttinnen: euphemistische Umschreibung für die Erinnyen (Rachegöttinnen), die ein Heiligtum in Athen besaßen.

Salamis: nahe der attischen Küste gelegene Insel im Saronischen Golf.

Meerenge: wohl die Meerenge zwischen Salamis und Attika.

Psyttalia: kleine, unbewohnte Insel zwischen Salamis und Piräus.

Thermodon: Fluss in Kleinasien.

Halys: Fluss in Kleinasien.

BRIEF XIX

Glykera: Hetäre aus der zweiten Hälfte des 4. Jh. v. Chr.; Geliebte des Harpalos, des Schatzmeisters Alexanders des Großen, und des Komödiendichters Menander.

Menander: Komödiendichter aus Athen (342/41 bis 291/90 v. Chr.), bedeutendster Vertreter der sog. Neuen Komödie.

Kalligeneia: Göttin der »schönen Geburt«, einer der Kultnamen der Demeter.

Ptolemaios: Ptolemaios I. Soter (377/6–282 v. Chr.), einer der Generäle Alexanders des Großen und später Begründer der Ptolemäer-Dynastie in Ägypten.

Vorgebirge des Proteus: Wohnstätte des Meergottes Proteus auf der Insel Pharos.

Leuchtturm von Pharos: Der Leuchtturm auf der kleinen, vor Alexandria gelegenen Insel Pharos wurde zu den Sieben Weltwundern der Antike gezählt. Der Verweis auf den Leuchtturm ist anachronistisch, da der Bau erst um 280 v. Chr., also nicht mehr zu Lebzeiten Menanders, vollendet wurde.

tönenden Statuen: zwei kolossale Sitzstatuen des altägyptischen Pharaos Amenophis III. (14. Jh. v. Chr.) in Theben. Bei Sonnenaufgang erzeugten Risse im Inneren einer der Statuen Töne.

Labyrinth: eine ausgedehnte Tempelanlage nahe der Fayum-Oase.

Ariadne: Die kretische Prinzessin Ariadne half dem athenischen Helden Theseus, mit Hilfe eines Fadens aus dem Labyrinth des Palastes von Knossos zu entkommen, wo er den monströsen Minotauros getötet hatte. Auf ihrer Flucht ließ Theseus Ariadne auf der Insel Naxos zurück; dort fand sie der Weingott Dionysos und machte sie zu seiner Gefährtin.

die attischen Wespen: In seiner Komödie *Die Wespen* von 422 v. Chr. hatte sich Aristophanes über die Streit- und Prozesslust der Athener lustig gemacht.

Theophrast: Der Philosoph Theophrast war Schüler des Aristoteles und der Lehrer des Menander.

Epikur: Menander leistete zusammen mit dem späteren Philosophen Epikur (s. Brief XVII) seinen Militärdienst ab.

Delphi: Das Apollon-Heiligtum von Delphi war die bedeutendste Orakelstätte der Antike.

Phrygien: Landschaft in Zentralanatolien.

Gastromantie: Kunst der Weissagung durch Bauchreden.

Mounychia: Hügel auf der Piräus-Halbinsel.

BRIEF XX

Der Brief wurde sehr wahrscheinlich nicht von Alkiphron verfasst; sein Ende fehlt.

Korinth: Stadt an der Landenge, die den Peloponnes und das griechische Festland verbindet.

Laïs: Hetäre aus Hykkara auf Sizilien, kam 415 v. Chr. als junges Mädchen als Kriegsgefangene nach Korinth.

Apelles: einer der berühmtesten Maler der Antike und Zeitgenosse Alexanders des Großen.

Nachwort

Das griechische Hetärenwesen

Irgendwann in den Jahren zwischen 343 und 340 v. Chr. fand in Athen ein Prozess statt, der alle Zutaten bot, um die sensationslüsterne Öffentlichkeit in seinen Bann zu ziehen. Sex, Intrigen, skandalöse Vorwürfe und schlüpfrige Enthüllungen: All das wurde minutiös vor Gericht ausgebreitet, um die Angeklagte in einem möglichst schlechten Licht erscheinen zu lassen. Dass wir überhaupt Kenntnis von diesem Prozess haben, ist allein einem Zufall, genauer gesagt einem Irrtum geschuldet. Die Anklage des Apollodoros gegen eine Frau namens Neaira wurde nur deswegen überliefert, weil sie früher fälschlicherweise dem berühmten Redner Demosthenes zugeschrieben wurde[1]. In dem Verfahren wurde Neaira beschuldigt, sich zu Unrecht das attische Bürgerrecht angemaßt zu haben. Eine schwerwiegende Beschuldigung, die im Falle einer Verurteilung zur (erneuten) Versklavung der Angeklagten hätte führen können.

Aus der Anklagerede erfahren wir, dass Neaira bereits im Kindesalter mit weiteren Mädchen von einer gewissen Nikarete, einer Bordellwirtin in Korinth, gekauft und zur Prostituierten »ausgebildet« wurde. Schon vor Beginn der Pubertät soll sie ihre Dienste zahlungswilligen Kunden angeboten haben. Um die Preise in die Höhe zu treiben, gab Nikarete Neaira als ihre Tochter aus; für eine Freie konnte man

---

[1] Demosth. or. 59.

üblicherweise mehr verlangen als für eine Sklavin. Neaira machte schnell Karriere. Bekannte und wohlhabende Männer nahmen ihre Liebesdienste in Anspruch und ließen sich bisweilen auch auf ihren Reisen von der jungen Frau begleiten. Zu Neairas Stammkunden gehörten Timanoridas aus Korinth und Eukrates aus Leukas. Beide Männer entschlossen sich, sie für die nicht unbeträchtliche Summe von 3000 Drachmen von ihrer Besitzerin zu kaufen. Dies schien ihnen auf Dauer preisgünstiger zu sein, als die Frau bei Bedarf zu mieten. Neaira hatte nun zwei Besitzer, denen sie nach deren Belieben zur Verfügung stehen musste. Das Arrangement wurde beendet, als einer der beiden Männer heiratete. Timanoridas und Eukrates boten Neaira an, sich für 2000 Drachmen freizukaufen. Aus Ersparnissen und Zuwendungen ehemaliger Liebhaber konnte Neaira einen erheblichen Teil der Summe aufbringen. Den Rest steuerte der Athener Phrynion, ein früherer Kunde, bei, der das Geschäft dann auch zum Abschluss brachte.

Von wirklicher Freiheit aber war Neaira weit entfernt. Sie begleitete Phrynion nach Athen, der dort stolz mit seinem »Besitz« von Gelage zu Gelage zog und sie nicht selten dadurch demütigte, dass er vor den Augen der anderen Gäste mit ihr Geschlechtsverkehr hatte. Genüsslich erzählt Apollodoros von den Vorfällen bei einem Fest, das der athenische Stratege Chabrias 374 v. Chr. – also rund dreißig Jahre vor dem Prozess – anlässlich des Sieges seines Viergespanns bei den Pythischen Spielen in Delphi veranstaltet hatte. Während des Symposions sollen sich nicht nur die Gäste an der bis zur Besinnungslosigkeit betrunkenen (und damit nach modernem Verständnis schuldlosen) Neaira vergangen haben, sondern sogar die anwesenden Sklaven.

Vielleicht war dies der Tropfen, der für Neaira das Fass zum Überlaufen brachte. Jedenfalls packte sie bald darauf ihre Habe zusammen und verließ mit ihren Dienerinnen Phrynions Haus. Sie ging in das nicht weit von Athen gelegene Megara, um dort ihr Gewerbe auszuüben und ihr Glück zu machen. Der erhoffte Erfolg blieb aber aus und so entschloss sie sich, nach Athen zurückzukehren, dieses Mal an der Seite des Redners und Politikers Stephanos. Dieser prominente Mann war das eigentliche Ziel von Apollodoros' Attacken, woran der Ankläger auch keinen Zweifel ließ. Die Verbindung des Stephanos zu Neaira spielte daher wenig überraschend im weiteren Verlauf der Prozessrede eine maßgebliche Rolle.

Phrynion hatte erfahren, dass Neaira wieder in Athen war, und beanspruchte sie für sich, weil er den Freikauf mitfinanziert hatte. Vor einem Schiedsgericht einigte man sich auf einen Vergleich. Neaira galt zwar als frei, musste aber Phrynion und Stephanos abwechselnd sexuell zur Verfügung stehen. Glaubt man Apollodoros, arbeitete Neaira weiterhin als Prostituierte und sorgte so für den Lebensunterhalt des Stephanos. Überhaupt habe sich Stephanos' Haus in ein regelrechtes Bordell verwandelt, in dem sowohl Neaira als auch ihre angebliche Tochter Phano ihrer gemeinsamen Profession nachgegangen seien. Phanos ungeklärte Herkunft war im Prozess ein Punkt von größter Bedeutung. Laut Anklage war sie nicht Stephanos' legitime Tochter aus seiner ersten Ehe mit einer Athenerin, sondern Neairas leibliches

Kind. In diesem Fall hätte sie keinen Bürgerstatus besessen. Rechtlich problematisch wurde die Angelegenheit dadurch, dass Phano zweimal mit athenischen Bürgern verheiratet wurde. Eine besondere Brisanz lag zudem darin, dass Phanos zweiter Ehemann ein hoher Beamter war und sie als seine Gattin wichtige religiöse Riten von staatstragender Bedeutung vollziehen musste. Eheliche Verbindungen zwischen einem athenischen Vollbürger und einer Nichtbürgerin waren nach geltendem Recht aber nicht gestattet. Hätte Stephanos tatsächlich unter Vorspiegelung falscher Tatsachen Phano als sein legitimes Kind ausgegeben, um sie mit vornehmen Athenern verheiraten zu können, dann hätte ihn das sein Vermögen und seine Bürgerrechte kosten können.

Die Rede gegen Neaira ist die ausführlichste antike Quelle, der wir Informationen über das Leben einer Hetäre verdanken. Apollodoros' sehr detaillierte und durch Zeugenaussagen gestützte Ausführungen dürfen uns aber nicht dazu verführen, jedes seiner Worte für bare Münze zu nehmen. Antike Gerichtsreden dienten nicht in erster Linie der Wahrheitsfindung, sondern hatten vorrangig die Funktion, Richter und Geschworene im gewünschten Sinne zu beeinflussen und auf die eigene Seite zu ziehen. Übertreibungen, Verunglimpfungen und sogar Lügen waren dafür probate und gängige Mittel. Leider fehlt als Korrektiv gegen Apollodoros' Ausführungen die Verteidigungsrede. Und auch das Urteil ist nicht überliefert, so dass wir über das weitere Schicksal Neairas, die vor Gericht eigentlich nur als Spielball unterschiedlicher Interessen diente, keine Kenntnisse besitzen.

Neaira war eine Hetäre (griechisch *hetaíra*, wörtlich übersetzt eine Gefährtin), eine jener griechischen Kurtisanen, die bis zum heutigen Tag nichts von ihrer Faszination verloren haben. Umgeben von einer Aura zwielichtiger Erotik aus längst vergangener Zeit haben sie über die Jahrhunderte hindurch die Fantasie der Menschen angeregt sowie Literaten und bildende Künstler inspiriert. Seit dem 19. Jahrhundert richtet auch die altertumswissenschaftliche Forschung vermehrt ihre Aufmerksamkeit auf das Hetärenwesen, zunächst aus rein antiquarischem Interesse, später dann mit Blick auf seine kultur- und sozialgeschichtliche Bedeutung.

Was genau ist aber eine Hetäre? Was unterscheidet das Hetärentum – wenn überhaupt – von anderen Formen der Prostitution? Schon die Antike wusste auf diese Fragen keine klaren Antworten zu geben, und auch die moderne Forschung zeichnet ein sehr heterogenes, oftmals widersprüchliches Bild von den griechischen Hetären. In der Sach- und Fachliteratur werden sie (nicht selten aus dem Blickwinkel zeitgebundener moralischer und ideologischer Vorstellungen) abwechselnd und häufig undifferenziert als »Luxusprostituierte«, als verdorbene, schändliche Weibsbilder, als entrechtete und ausgebeutete Sexsklavinnen, aber auch als kultivierte und gebildete Frauen, ja geradezu als antike Vorreiterinnen weiblicher Emanzipationsbestrebungen beschrieben.

Die Anfänge des Hetärenwesens sind kaum fassbar. Auf jeden Fall lässt sich sagen, dass die Hetären bereits auf eine lange, mehr als ein Jahrhundert dauernde Tradition zurückblicken konnten, bevor der Begriff *hetaíra* als kollektive Bezeichnung für Frauen, die sich gegen materielle Gegenleistungen für außereheliche Geschlechtsverkehr zur Verfügung stellen, gebräuchlich wurde. Von einer Hetäre ist in der griechischen Literatur erstmalig gegen Mitte des 5. Jh. v. Chr. bei Herodot die Rede[1]. Eher beiläufig berichtet der »Vater der Geschichtsschreibung« von der aus Thrakien stammenden Sklavin Rhodopis. Sie wurde um 600 v. Chr. von ihrem Besitzer, der mit ihr Geld zu verdienen hoffte, nach Ägypten gebracht. Dort wurde sie angeblich von Charaxos, dem Bruder der berühmten Lyrikerin Sappho von Lesbos, freigekauft. »So wurde sie frei, blieb in Ägypten und verdiente sich, da sie eine berühmte Schönheit war, viel Geld [...]«[2]. Auf welche Weise genau Rhodopis mit ihrer Schönheit zu Wohlstand gelangte, lässt Herodot in seinem Bericht allerdings offen.

Das griechische Hetärenwesen war aufs engste mit der Welt des Symposions, des Trinkgelages der Männer, verbunden. Das Symposion hatte seine Wurzeln in der Adelskultur der archaischen Zeit. Es bot den Teilnehmern mehr als nur die Gelegenheit zum Gedankenaustausch und zum geselligen Beisammensein; unterstützt von Gesängen und Erzählungen konnte man das Zusammengehörigkeitsgefühl der Gruppe stärken und sich der gemeinsamen Werte und Ideale versichern. Nicht zuletzt war das Gelage für Gastgeber und Gäste eine geeignete Bühne, sich vor den Augen der Standesgenossen durch Können und durch zur Schau gestellten

---

[1] Hdt. II, 134.
[2] Hdt. II 135, 2 (Übers.: Th. Braun).

Zecher und Hetären bei einem Symposion.
Attische Schale, um 480 v. Chr. New York, Metropolitan Museum.

Eine Flötenspielerin unterhält die Gäste bei einem Gelage.
Attischer Glockenkrater (Mischgefäß), Mitte des 5. Jh. v. Chr.
New York, Metropolitan Museum.

Reichtum zu profilieren. Das Symposion blieb ein fester Bestandteil der griechischen Kultur, selbst nachdem die Aristokratie ihre dominante politische und gesellschaftliche Rolle verloren hatte und sich in Athen und andernorts demokratische Gesellschaftsformen durchgesetzt hatten.

Allen »ehrbaren« Frauen, also den Ehefrauen, Müttern, Schwestern oder Töchtern von Bürgern, war die Teilnahme an den Gelagen nicht gestattet. Das bedeutete aber nicht, dass keine Frauen anwesend sein konnten. An erster Stelle sind die verschiedenen, in aller Regel unfreien »Unterhaltungskünstlerinnen« wie Tänzerinnen, Akrobatinnen oder Musikantinnen zu nennen. Sie wurden für die Durchführung eines Symposions als so essentiell angesehen, dass im demokratischen Athen für die besonders beliebten Flöten-, Harfen- und Kitharaspielerinnen ein Höchstpreis von nur zwei Drachmen pro Engagement gesetzlich festgelegt war. Kostspieliger waren die Hetären, die den Trinkgelagen häufig ebenfalls beiwohnten. Sie hatten einen anderen Status als die genannten »Unterhaltungskünstlerinnen«, obwohl auch sie durch Tanzen, Musizieren und mit geistreichen Gesprächsbeiträgen zur geselligen Zerstreuung beitrugen. Die nicht unerheblichen Kosten, die mit der Beziehung zu einer Hetäre verbunden waren, ihr gutes Aussehen, ihre Kleider, ihr Schmuck, ihr kultiviertes Betragen machten sie zu einem regelrechten Statusobjekt, mit dem sich die Männer gerne schmückten.

Antike Schriftquellen und Vasenbilder lassen keinen Zweifel daran aufkommen, dass die Gelageräume zu solchen Anlässen von einer spannungsgeladenen Erotik erfüllt waren.

Der berauschende Wein, die Tänze, die Musik und die Gesänge, der Anblick schöner Frauen und junger Knaben, die verführerischen Gesten und Berührungen entfachten bei den Gästen ein sexuelles Verlangen. Ob und inwieweit dieses Verlangen dann auch im Rahmen der Symposien gestillt wurde, ist nicht eindeutig zu klären. Sicherlich kam es in bestimmten Fällen an Ort und Stelle zum Geschlechtsverkehr – Apollodoros z. B. berichtet in seiner Anklage gegen Neaira von solchen Situationen –, doch darf man nicht davon ausgehen, dass jedes Gelage in einer wilden Massenorgie endete. Das Vorspiel beim Wein konnte seine Erfüllung auch in intimerer Atmosphäre finden. So oder so waren die erotisch aufgeladenen Symposien mit den verführerischen Hetären eine Spielwiese für alle Männer, die außerehelichen Sex suchten.

Aber warum war das Bedürfnis danach so groß? Für einen unverheirateten Mann (und eine Heirat erfolgte nicht selten erst um das dreißigste Lebensjahr herum) gab es keine legale oder auch nur gesellschaftlich tolerierte Möglichkeit, eine Liebesbeziehung mit einer Bürgerin bzw. einer Bürgerstochter einzugehen. Selbst in einer Ehe durfte man nicht unbedingt von einem erfüllten Liebesleben und von tiefer Zuneigung zwischen den Ehepartnern ausgehen. Solche Verbindungen gab es natürlich, selbstverständlich waren sie aber nicht. Ehen waren erster Linie Zweckgemeinschaften, um die Führung und Organisation des Haushalts zu sichern und um legitime Nachkommenschaft zu zeugen.

Zur reinen Befriedigung des Geschlechtstriebs standen den Männern außerhalb des heimischen Schlafgemachs jederzeit Sklavinnen und billige Prostituierte in den Bordellen zur Verfügung. Wer im Verhältnis zu einer Frau jedoch mehr suchte als nur schnellen Sex, konnte dies – seinem Status entsprechend und von der Gesellschaft akzeptiert – im Umgang mit einer Hetäre finden, sofern er sich einen solchen Umgang leisten konnte. Das Verhältnis zu einer Hetäre versprach einem Mann »Freundschaft« (s. u.) in einem angenehmen Ambiente.

Haben also diejenigen Stimmen recht, die in den Hetären nichts weiter als »Luxusprostituierte« sehen, deren Dienste zwar kostspieliger sind und in einer gehobeneren Umgebung angeboten werden, die sich ansonsten aber kaum von jeder gewöhnlichen Hure unterscheiden? Diese Auffassung wurde bereits von antiken Autoren vertreten. Plutarch etwa glaubte im Begriff der »Gefährtin« nur einen Euphemismus zu erkennen, der der Gewohnheit der Athener entsprach, hässliche Dinge hinter schönen Worten zu verstecken[1]. Solche Einschätzungen blieben jedoch nicht ohne Widerspruch. Problemlos lassen sich literarische Zeugnisse finden, die gerade die Besonderheit der *hetaíra* hervorheben und sie ausdrücklich von der Dirne unterscheiden[2]. Um das Charakteristische des Hetärenwesen herauszuarbeiten, ist es daher sinnvoll, vorher einen kurzen Blick auf die Welt der *pórnē*, der einfachen Straßen- und Bordellprostituierten zu werfen.

Prostitution war in Griechenland weder gesetzlich sanktioniert noch gesellschaftlich tabuisiert. Entsprechend offen boten Mädchen und Frauen ihre Dienste an und ihre Zahl

---

[1] Sol. 15, 2f.
[2] Vgl. Athen. 13, 570 f.

dürfte zumindest in den großen Städten erheblich gewesen sein. Als häufig besuchte »Rotlichtbezirke« in Athen sind u. a. der Hafen Piräus, aber auch das außerhalb der Mauern gelegene Gräberfeld des Kerameikos überliefert. Die *pórnai* waren fast ausschließlich Sklavinnen, Unfreie, die von ihren Besitzern, Bordellwirten und Kupplern zur Sexarbeit gezwungen wurden. Sie standen an Straßenecken und unter Brücken oder wurden in Bordellen wie eine Ware auf dem Markt angeboten. Einen guten Eindruck davon, wie wir uns eine solche Szenerie vorzustellen haben, vermitteln einige Verse des spätklassischen Komödiendichters Xenarchos[1]:

»Denn überall verkehrt höchst ehrenwertes junges Volk / in den Bordellen, wo man Mädchen sehen kann, / die mit entblößten Brüsten sich in Wonne räkeln, und / die nackt der Reihe nach in Linie aufgeboten sind. / Von diesen kann man eine wählen, die man mag, / sei's eine Dünne, eine Dicke, eine Kugelige, eine Große, eine Schrumpelige, / ein junges Ding, ein altes Weib, ein mittelalterliches, eine Reifere. [...] Denn diese Frauen bahnen selbst den Weg und holen sie sich rein, / die alten Männer nennen sie ihr Väterchen, / und Schätzchen sagen sie zu jüngeren. / Von diesen kriegt man jede ohne Ängste und zu einem moderaten Preis, / bei Tag, bei Nacht, in allen Stellungen.«

Dieser kurze Text spricht alle wesentlichen Merkmale des antiken Hurendaseins an. Die Frauen müssen sich nackt oder nur leicht bekleidet zur Begutachtung zur Schau stellen. Jedem, der bereit ist, die geforderte Summe zu zahlen, müssen sie sich für die Erfüllung seiner Wünsche zur Verfü-

---

[1] Athen. 13, 569 b–c (Übers.: C. Friedrich).

gung stellen. Die Kosten für eine *pórnē* waren gering. Für die billigsten unter ihnen waren nur ein oder zwei Obolen zu entrichten, so dass sich sogar Sklaven den Besuch bei einer einfachen Prostituierten leisten konnten. Die Preise waren festgelegt und das Geld musste sofort gezahlt werden. Sicherlich gab es Preisunterschiede, ebenso muss man annehmen, dass die Bordelle ein breites Spektrum von heruntergekommenen Kaschemmen bis hin zu Etablissements für gehobenere Ansprüche abdeckten.

Die offene Zurschaustellung, die allgemeine Verfügbarkeit und die Käuflichkeit zu einem feststehenden, geringen Preis haben die *pórnai* mit einer weiteren Gruppe von Frauen gemeinsam, die auch dem Dunstkreis der Prostitution zuzurechnen sind. Gemeint sind die Musikerinnen und Akrobatinnen, die uns bereits als fester Bestandteil des Symposions begegnet sind. Von diesen Mädchen und Frauen – wie die *pórnai* in aller Regel Sklavinnen – wurde nicht nur erwartet, dass sie die Gelageteilnehmer mit Musik, Tanz und diversen Vorführungen unterhielten. Sie sollten außerdem mit ihren Darbietungen eine erotisch aufgeheizte Atmosphäre schaffen und, falls gewünscht, mit den Gästen schlafen. Die Bezeichnung »Flötenmädchen« (*aulētrís*) wurde im spätklassischen Athen beinahe zum Synonym für eine billige Prostituierte.

Wie die *pórnē* bot auch die *hetaíra* Sex im Austausch gegen materielle Gegenleistungen an. Nur unter diesem Gesichtspunkt betrachtet, fiele es in der Tat sehr schwer, eine klare Grenze zu anderen Formen der Prostitution zu ziehen. Das Hetärenwesen auf diesen Aspekt zu beschränken, hieße aber, seiner Komplexität nicht gerecht zu werden. Die Unterschiede zu den einfachen *pórnai* oder den Flötenmädchen werden erst dann offenkundig, wenn man die Art und Weise berücksichtigt, wie sich das Verhältnis der »Gefährtinnen« zu ihren Liebhabern – die »Sichtbarkeit«, Käuflichkeit und Verfügbarkeit betreffend – den antiken Betrachtern darbot und von ihnen beschrieben wurde.

Erhellend ist eine Episode in den *Memorabilien* des Xenophon, die von einem Besuch des Philosophen Sokrates bei der stadtbekannten Hetäre Theodote erzählt. Der kurze Text ist ein Musterbeispiel für die Sprache und die Konventionen, die im Umgang mit einer Hetäre gepflegt wurden. (In dem Text wird Theodote übrigens nie als Hetäre bezeichnet, aber es kann keinen Zweifel geben, dass es sich bei ihr um eine handelt.) Im Hause der Theodote angekommen bewundern Sokrates und seine Begleiter nicht nur ihre außerordentliche Schönheit, sondern auch die Ausstattung des Hauses, die Kleider und den Schmuck ihrer Mutter sowie die vielen gut aussehenden Dienerinnen. Auf die Frage, wovon sie ihren Lebensunterhalt bestreite, antwortet Theodote[1]: »Wenn jemand, der mein Freund geworden ist, mir etwas zukommen lassen will, davon lebe ich.«

Dass hier und im weiteren Verlauf des Gesprächs nur von Gunstbezeugungen und Geschenken, nie aber von Geld und Bezahlung die Rede ist, ist mehr als nur Höflichkeit. Vielmehr spiegelt sich darin eines der Wesensmerkmale des Hetärenwesens. Die *hetaíra* wird anders als die *pórnē* nicht als Ware dargestellt, die jeder zu einem festgelegten Preis

---

[1] Xen. mem. 3, 11, 4 (Übers.: P. Jaerisch).

kaufen kann. Das Verhältnis der Hetäre zu ihren Liebhabern beruht stattdessen auf dem Prinzip gegenseitigen Gebens und Nehmens. Wer um die Gunst einer Hetäre buhlt, muss diese erst durch Geschenke wie Geld, Kleidung oder Schmuck gewinnen. Das Prinzip des Gabentauschs schließt eine allgemeine Verfügbarkeit und unmittelbare Käuflichkeit aus. Dadurch wird die Voraussetzung geschaffen, um im Umgang zwischen der Hetäre und ihren Verehrern eine Illusion der Gefährtenschaft und der Gleichrangigkeit zu erzeugen, die in einem deutlichen Gegensatz zum billig gekauften Sex zwischen dem zahlenden Kunden und der »Ware« Hure steht. Darauf spielt auch der Komödiendichter Anaxilas an[1]: »Wenn aber eine, die mit Geld genügend ausgestattet ist, / sich denen, die sie um Gefälligkeiten bitten, / für ein Dankeschön gewährt, / wird sie aufgrund der freundlichen Vertrautheit auch als *Freundin* dann / bezeichnet. Ebenso hast du jetzt nicht, wie du es meinst, / in eine *Dirne* (›pórnē‹) dich verliebt, vielmehr / in eine gute Freundin (›hetaîra‹.) [...].«

Wer Geschenke gibt, erwartet eine Gegenleistung, kann diese aber nicht einfordern. Die Gegenleistung muss auf der Basis der Freiwilligkeit erfolgen. Der Liebhaber einer Hetäre konnte daher nie sicher sein, dass sein Verlangen nach Sex befriedigt wurde. Aus dem daraus resultierenden Spiel aus Werbung und Zurückweisung erwuchs ein besonderer erotischer Reiz im Umgang mit einer Hetäre, der nicht zuletzt dazu diente, das Verlangen des Liebhabers zu schüren, um ihn enger an die von ihm begehrte »Gefährtin« zu binden.

---

[1] Athen. 13, 572 b (Übers.: C. Friedrich).

Ein Mann umwirbt eine Frau (vielleicht eine Hetäre) mit einer Blume.
Attische Schale, 480/70 v. Chr. Malibu, J. Paul Getty Museum.

Die Lust, die aus diesem Wechselspiel von Begehren und
Verweigerung erwächst, beschreibt Timokles in einer Komödie mit geradezu euphorischen Worten[1]: »Dass sie nicht
gleich zu allem ganz bereit ist, sondern dass / man darum
ringen muss und auch geprügelt wird / und Schläge einsteckt
von so zarten Händen – das ist wunderbar, / beim Zeus, dem
größten Gott!« Übertreiben durfte es die Hetäre mit der
Verweigerung ihrer Gunstbezeugungen freilich nicht. Die

---

[1] Athen. 13, 570 f–571 a (Übers.: C. Friedrich).

Gefahr war ansonsten groß, dass diese erotische Spielerei den Liebhaber anfing zu langweilen oder gar zu verärgern. Der Weg ins Bett der Hetäre durfte gerne steinig sein, doch letzten Endes musste er zum Ziel führen.

Aber nicht nur die Verehrer mussten Anstrengungen unternehmen, um Beziehungen zu knüpfen und diese aufrechtzuerhalten. Denn selbstverständlich wurde auch von der Hetäre erwartet, dass sie sich um die Männer bemühte und ihr Verlangen reizte. »Sie muss den Mann sich kaufen / durch die Künste – oder andre suchen«, wie es der Komödienautor Amphis so prägnant formulierte[1]. Die Hetäre sollte schön sein und das Alphabet der Verführung beherrschen, aber auch ein gewisses Maß an Kultiviertheit und Bildung wurde von ihr erwartet. Sie war geübt darin, durch künstlerische Darbietungen, Spiele und Rätsel, kluge und witzige Redebeiträge zu unterhalten. Anzüglichkeiten und Zweideutigkeiten gehörten dabei zu ihrem festen Repertoire. Auch wusste sie durch Schminke, kostbare Gewänder und Schmuck ihre Attraktivität zu erhöhen. Böse Zungen behaupteten, dass sie sogar vor verderblichen Liebeszaubern nicht zurückschreckte, um die Männer an sich zu binden.

Eine Hetäre konnte einen, aber auch mehrere Liebhaber gleichzeitig haben. Die Beziehung zu dem Mann, mit dem sie gerade Umgang pflegte, war dabei immer exklusiv. Das war auch dann der Fall, wenn sie mehrere Liebschaften hatte. Sie begleitete stets nur einen Mann zum Symposion, sie empfing stets nur einen Mann (als Liebhaber) bei sich zu Hause, sie begleitete stets nur einen Mann auf seinen Reisen.

---

[1] Athen. 13, 559 b (Übers.: U. Treu/K. Treu).

Die Exklusivität mochte manchmal nur von kurzer Dauer sein, manchmal nicht mehr als die paar Stunden, die ein Gelage dauerte, aber sie wurde nicht in Frage gestellt. Der Anschein der Freundschaft im Verhältnis zwischen dem Mann und der Hetäre, der »Gefährtin«, konnte auf diese Weise gewahrt bleiben. Deswegen war es Apollodoros so wichtig, in seiner Anklagerede die Geschehnisse beim Gastmahl des Chabrias, als Neaira mit allen Anwesenden (unfreiwillig) Geschlechtsverkehr hatte, so in den Vordergrund zu rücken. Für ihn war das ein weiterer Beweis für den verwerflichen, hurenhaften Lebenswandel, den er Neaira anzuhängen versuchte.

Kehren wir noch einmal zurück in Theodotes Haus. Bei ihrem Eintritt sehen Sokrates und seine Begleiter, wie die Hetäre einem Maler Modell steht. Allerdings nicht, wie man vielleicht erwarten würde, in aufreizender Pose. Vielmehr zeigt sie nur so viel von sich, wie es der Anstand erlaubt. Was für ein Unterschied zu den nackten oder kaum bekleideten *pórnai* in den Bordellen, die ihre körperlichen Reize plakativ zur Schau stellen müssen. Von der berühmten Hetäre Phryne ist ebenfalls überliefert, dass sie ihren Körper nur sehr dosiert den Blicken preisgab. Nur bei den großen Feiern der Poseidonien und Eleusinien zog sie ihr Gewand aus und löste ihr Haar, bevor sie ins Meer schritt[1]. Und von der Hetäre Laïs hieß es, in ihren Mädchenjahren hätte man eher einen Blick auf den Provinzgouverneur Pharnabazos werfen können als auf sie. Im Alter jedoch, als ihre Schönheit und ihr Ruhm verblasst waren und sie sich für wenig Geld jedem

[1] Vgl. Athen. 13, 590 f.

hingab, der zu zahlen bereit war, war es leichter sie zu sehen als zu spucken[1].

Ein sittsames Auftreten in der Öffentlichkeit wurde für eine Hetäre als selbstverständlich erachtet. Dies machten sich die Attentäter zunutze, die im Winter 379 v. Chr. in Theben die spartanerfreundlichen Machthaber ermordeten[2]. Sie wurden als Hetären verkleidet in ein Symposion eingeschmuggelt. In Frauengewänder gehüllt und verschleiert, erregte ihr Auftreten keinerlei Misstrauen. Sie konnten sogar – wohl aus »Anstandsgründen« – verlangen, dass die Diener vor ihrem Eintritt den Raum verlassen mussten.

Ihr zurückhaltendes Auftreten hob die Hetären nicht nur sichtbar von den sich offen darbietenden *pórnai* ab, es gehörte auch und vor allem zur Kunst der Verführung, zu einer Erotik des Verborgenen. Die Aussicht, die Gunst einer begehrten Hetäre durch erfolgreiches Werben zu gewinnen und ihren Körper dann endlich von allen Hüllen befreit sehen zu können, übte einen unwiderstehlichen Reiz auf die Männer aus.

Viele Hetären waren Sklavinnen, unfreie Frauen, die wie Neaira zu Beginn ihrer Laufbahn ihre Tätigkeit nicht selbstständig ausübten, sondern in den Fängen eines Kupplers bzw. einer Kupplerin waren. In diesem Umfeld waren die Grenzen zwischen *hetaíra* und *pórnē* am wenigsten scharf umrissen, bei den billigsten dieser Sklaven-Hetären wohl kaum mehr wahrnehmbar. Die Besitzer handelten mit den Kunden die Konditionen aus, oft waren es längerfristige

---

[1] Vgl. Athen. 13, 570 c–d.
[2] Vgl. Xen. hell. 5, 4, 4.

Pachtverträge, mit denen ein Mann die von ihm favorisierte Hetäre exklusiv an sich binden konnte. Vom schönen Schein der Freundschaft und vom Prinzip des Gabentauschs blieb zumindest aus Sicht der Sklaven-Hetäre nur noch wenig übrig; die Männer dagegen konnten die Illusion der Gefährtenschaft aufrecht halten, gleichgültig ob die Hetäre frei oder unfrei war.

Im Gegensatz zu freien Hetären, die es sich wie Theodote leisten konnten, einen eigenen Haushalt zu führen, lebten die Sklaven-Hetären mit ihresgleichen in bescheideneren Unterkünften. Dort wohnten die Frauen und dort konnten sie auch die Männer empfangen, die sich bei einem Kuppler ihre Dienste gesichert hatten. Das Aussehen solcher Hetärenhäuser dürfte sich nicht merklich von dem gehobener Bordelle unterschieden haben. Unter den erhaltenen architektonischen Überresten sind derartige Etablissements nur schwer zu identifizieren. Mit ziemlicher Sicherheit hat es sich bei dem im Bereich des Kerameikos in Athen ausgegrabenen Gebäude Z um so ein Bordell/Hetärenhaus gehandelt. Im Laufe des 5. und 4. Jh. v. Chr. musste das Gebäude nach Zerstörungen mehrmals neu errichtet werden, so dass sich mehrere Bauphasen unterscheiden lassen. In dem über 500 m² großen Komplex gelangte man von Korridoren und Innenhöfen in zahlreiche kleine Kammern, in denen die Frauen lebten und in die sie sich mit ihren Besuchern zurückziehen konnten. Größere Räumlichkeiten konnten für Gelage genutzt werden. Bei den Ausgrabungen gefundenes Symposiongeschirr bezeugt die Bewirtung der Gäste. Die Bewohnerinnen des Gebäudes hinterließen zahlreiche weibliche Ausstattungsgegenstände, manche mit aphrodisischen Motiven verziert; Figürchen fremder Gottheiten und Schmuckstücke deuten darauf hin, dass es sich bei ihren Besitzerinnen um Sklavinnen aus Gegenden wie Thrakien, Syrien oder Anatolien gehandelt hat.

Neben den unfreien Sklaven-Hetären gab es auch viele Hetären, die frei und selbstständig ihr Gewerbe ausübten. Sie waren entweder freigekaufte bzw. freigelassene Sklavinnen – auch hier sei wieder an Neaira erinnert –, oder aber zugezogene Fremde. Es sind diese selbstständigen Hetären, von denen die antiken Quellen oft anekdotenhaft erzählen und von denen viele Forscher allzu euphorisch das Bild von der kultivierten, emanzipierten und unabhängigen Kurtisane hergeleitet haben. Unabhängig waren sie in dem Sinne, dass sie sich durch ihre Herkunft und durch ihre Tätigkeit am Rande der bürgerlichen Gesellschaft bewegten. Dies gewährte ihnen im öffentlichen Raum größere Handlungs- und Bewegungsfreiheiten, als sie einer sittsamen Bürgerin gemeinhin zugestanden wurden. Größere Freiheiten besaßen sie auch bei der Wahl ihrer Liebhaber. Im Gegensatz zu den Sklaven-Hetären, die gänzlich von den Entscheidungen ihrer Besitzer bzw. Kuppler abhängig waren, konnten sie sich die Männer aussuchen, mit denen sie verkehrten. Eine wirkliche Wahl dürften freilich nur die begehrtesten unter den Hetären, um deren Gunst mehrere zahlungskräftige Männer warben, gehabt haben. Die meisten »Gefährtinnen« konnten es sich unter dem ständigen Druck, ihren Lebensunterhalt von ihrem »Liebeslohn« bestreiten zu müssen, schlichtweg nicht leisten, einen Mann abzuweisen. Dieser

Druck war auch der Grund für die Habsucht, Treulosigkeit und Eifersucht, die den Hetären in antiken Texten oftmals nachgesagt wurde.

Unter den freien Hetären sind die *megalómisthoi*, die Großverdienerinnen, hervorzuheben. Sie konnten es durch ihre Tätigkeit zu Wohlstand, ja sogar zu beachtlichem Reichtum bringen. Die wohl bekannteste unter ihnen war Phryne, zu deren Liebhabern so berühmte Persönlichkeiten wie der Redner Hypereides und der Bildhauer Praxiteles gehörten. Phryne konnte es sich leisten, Bildnisstatuen an prominenter Stelle in ihrer Heimatstadt Thespiai (vgl. Brief I) und im Heiligtum des Apollon in Delphi zu stiften. Angeblich soll sie sogar angeboten haben, den Wiederaufbau der zerstörten Stadtmauern von Theben zu finanzieren, wenn man sie dafür mit folgender Inschrift ehrt: »Alexander hat es zerstört, Phryne die Hetäre hat es wieder aufgebaut.«

An den Fürsten- und Königshöfen hellenistischer Zeit, die seit dem späten 4. Jh. v. Chr. in der Nachfolge Alexanders des Großen in den nun griechisch geprägten Teilen der Welt entstanden waren, gelang es einigen Hetären, zumindest zeitweise eine Rolle zu übernehmen, die sich durchaus mit der der Mätressen an den europäischen Fürstenhöfen vergleichen lässt. Die bekannteste unter ihnen war Thaïs, die Geliebte Alexanders. Sie begleitete ihn auf seinem Feldzug und soll ihn dazu veranlasst haben, die persische Königsstadt Persepolis niederzubrennen. Nach Alexanders Tod wurde sie die Gefährtin seines Generals Ptolemaios, der später als Ptolemaios I. König von Ägypten wurde. Von den Hetären an den hellenistischen Königshöfen sei noch Lamia erwähnt, deren Beziehung zu Demetrios Poliorketes auch Alkiphron thematisiert (Brief XVI). Wie auch andere Hetären in ähnlicher Position betätigte sie sich als Wohltäterin und stiftete der nach ihrer Zerstörung neu angelegten Stadt Sikyon eine Wandelhalle.

Über die Preise, die für die Gunst einer Hetäre zu zahlen waren, besitzen wir nur kaum zuverlässige Angaben. Phryne soll 100 Drachmen verlangt haben, wofür genau bleibt aber unklar[1]. Die ungeheuerliche Summe von 1000 Drachmen hat angeblich die berühmte Hetäre Gnathaina von einem reichen Fremden für eine Nacht mit ihrer im gleichen Gewerbe tätigen Tochter Gnathainion gefordert[2]. Am anderen Ende der Skala stand eine Hetäre wie Leme, die bereit war, jedermann für zwei Drachmen zu besuchen[3]. Mehrere Preisangaben finden sich in den *Hetärengesprächen* Lukians. Sie reichen von fünf Drachmen für eine Nacht bis zu 6000 Drachmen für einen Kontrakt über acht Monate; für eine Entjungferung werden stattliche 100 Drachmen bezahlt[4]. Die überlieferten Preise sind nicht immer wörtlich zu nehmen; vor allem die Nennung von außergewöhnlich hohen Summen dürfte dazu gedient haben, die besagten Hetären ganz allgemein als sehr kostspielig zu kennzeichnen. Überhaupt muss bedacht werden, dass sich der finanzielle Aufwand für den Umgang mit einer Hetäre nicht in der Zahlung einer konkreten Geldsumme erschöpfte – das hätte auch dem Prinzip des Gabentauschs, wie oben beschrieben,

---

[1] Athen. 13, 583 c.
[2] Athen. 13, 581 b.
[3] Athen. 13, 596 f.
[4] Dial. meretr. VIII und VI.

widersprochen. Üblich waren daher Geschenke in Form von Kleidern, Kosmetika, Schmuck, Sklavinnen oder gar Immobilien. In antiken Quellen fehlt es nicht an Beispielen von Männern, die sich für eine Hetäre ruiniert haben.

Was alle selbstständigen Hetären einte, war die immerwährende Angst, ihren Lebensunterhalt nicht mehr bestreiten zu können. Durch den Verlust eines Liebhabers drohte die Gefahr, auf den gewohnten Lebensstandard in Zukunft verzichten zu müssen oder sogar in existenzielle Not zu geraten. Vor allem im Alter, wenn ihre körperliche Anziehungskraft, ihr wichtigstes Kapital, verloren ging, sahen sich die »Gefährtinnen« dieser Situation ausgesetzt. Selbst eine ehemals berühmte und umworbene Hetäre wie z. B. Laïs konnte in späten Jahren das Schicksal bitterer Armut treffen (s. o.). In der antiken Literatur, vor allem in der attischen Komödie, waren diese alten, verarmten Hetären ein beliebtes Ziel bitteren Spottes; und auch die Kleinkunst verhöhnte sie in der Gestalt hässlicher, trunkener Vetteln als Zerrbilder ihrer einstigen Schönheit.

Manche Hetären verdienten sich im Alter ihren Lebensunterhalt als Kupplerinnen oder lebten wie die oben erwähnte Gnathaina von den Einnahmen ihrer Töchter, die nun der gleichen Tätigkeit nachgingen. Viele Hetären aber strebten danach, sich durch eine dauerhafte Beziehung zu einem Mann abzusichern. Als Fremde war es ihnen zwar nicht möglich, einen Bürger zu heiraten, doch konnten sie mit ihm ein Konkubinat eingehen. Eine solche Verbindung wurde gesellschaftlich vor allem dann toleriert, wenn der Mann verwitwet war und in seiner Ehe mit einer Bürgerin bereits legitime Nachkommen gezeugt hatte. Das Konkubinat bot beiden Seiten Vorteile. Die Frau war materiell abgesichert und fand Schutz, der Mann hatte jemanden, der den Haushalt führte, ihn bei Krankheit oder im Alter versorgte und eventuell noch im Haus lebende Kinder betreute. Gingen aus so einer Beziehung Kinder hervor, so galten sie als Bastarde. Sie waren zwar frei, besaßen aber kein Bürgerrecht und hatten daher auch keinen Erbanspruch. Es stellt sich natürlich die Frage, inwieweit Liebe und Zuneigung in einer solchen Beziehung überhaupt eine Rolle spielten. Zweifellos hat es Verbindungen gegeben, in denen ein Mann und seine Hetären-Konkubine einander innig zugetan waren. Doch man sollte sich davor hüten, solche Konkubinat-Verbindungen pauschal zu romantisieren. Der beiderseitige Nutzen wird sehr häufig im Vordergrund gestanden haben.

Die Sicherheit, die ein Konkubinat einer Frau bot, stand allerdings auf wackligen Beinen. Verärgerte sie ihren Partner oder war dieser ihrer einfach nur überdrüssig geworden, dann konnte er die Beziehung jederzeit beenden. Eine rechtliche Absicherung gab es in einem solchen Fall für die Frau nicht. Sie musste immer damit rechnen, in die Nöte und Unsicherheiten ihres früheren Lebens zurückgeworfen zu werden. Eine solche Situation schildert Menander in seiner Komödie *Die Samierin*. Mehrere Missverständnisse führen dazu, dass der reiche Athener Demeas fälschlicherweise glaubt, seine Hetären-Konkubine habe ihn mit seinem Adoptivsohn betrogen. Erzürnt droht er der unschuldigen Frau damit, sie vor die Tür zu setzen, und malt ihr aus, welches Schicksal sie dann zu erwarten hat[1]: »Die große Dame! In der Stadt wirst du / nun selber sehen können, was du wert bist. / Für Mädchen deines Schlages, Chrysis, gibt man höchstens / zehn Drachmen, dafür rennen sie zum Gastmahl / und trinken sich zu Tode an ungemischtem Wein, / und wenn sie das nicht schnell und willig tun, / so hungern sie. Ich weiß, auch du wirst's kennenlernen / und merken, welche Stellung du verspielt hast.«

Die Beziehung zwischen einem Mann und einer Hetäre galt als unproblematisch, solange sie nicht die Belange des Haushalts und der Familie berührte. Großes Konfliktpotenzial bargen vor allem die hohen Kosten, die die Verbindung zu einer Hetäre mit sich brachten. Die finanziellen Belastungen konnten leicht dazu führen, dass die Versorgung des eigenen Hauses nicht mehr gewährleistet war. Die Ehefrau stellte dann fest, dass die »Gefährtin« ihres Mannes schönere Kleider trug als sie selbst, Töchter fürchteten um ihre Mitgift und Söhne sahen ihr Erbe schwinden. Zahlreiche Prozesse, in denen Söhne ihre Väter (oder auch Väter ihre Söhne) verklagten, weil sie das Geld an Hetären verschwendeten, belegen, wie präsent die Problematik war.

Die Belange des ganzen Gemeinwesens betrafen diejenigen Fälle, in denen eine Hetäre einen Mann dazu überredet hatte, ein gemeinsames Kind als sein legitimes Kind auszugeben. Da Hetären in aller Regel Fremde waren und die Nachkommen, die aus einer derartigen Beziehung hervorgingen, als Bastarde ohne Bürgerrechtsstatus galten, war ein solches Vorgehen gesetzwidrig. Die Affäre um Stephanos'

---

[1] Sam. 392ff. (Übers.: K. Treu/U. Treu).

Tochter Phano ist dafür ein beredtes Beispiel. Einen Schaden für das Gemeinwesen fürchtete man auch dann, wenn sich ein noch unverheirateter junger Mann zu eng an eine Hetäre band und darüber seine Pflicht versäumte, eine Ehe mit einer Bürgerin einzugehen und legitime Kinder zu zeugen.

Dieser kurze Überblick über einige Aspekte des Hetärenwesens dürfte veranschaulicht haben, warum es so schwierig ist, die griechische *hetaíra* einer klar definierten Kategorie zuzuordnen. Die Hetäre war ein Konstrukt, das eine eigentümliche Stellung zwischen der ehrbaren Frau und der einfachen Hure einnahm, sich von beiden klar abgrenzte, aber auch Wesensmerkmale beider in sich vereinte. Die Grenzen waren fließend, im sprachlichen Umgang genauso wie in der Lebenswirklichkeit. Eine Hetäre konnte bewundert oder als Hure beschimpft werden; sie konnte vom Sklavendasein in die Freiheit gelangen und vielleicht sogar die Konkubine eines Bürgers werden. Aber auch der Absturz war jederzeit möglich. Dann sah sie sich gezwungen, sich wie eine beliebige Straßen- oder Bordellhure den Männern für wenige Münzen hinzugeben.

Jede Hetäre war eine Prostituierte, eine mehr oder weniger kostspielige »Edelprostituierte«, um genau zu sein. Aber die Ethik des Gabentauschs sowie die von der Hetäre in der Öffentlichkeit zur Schau gestellte Zurückhaltung und Sittsamkeit erlaubten es den Männern, die ihre Dienste in Anspruch nahmen, für sich eine Illusion der Gefährtenschaft zu erzeugen. Der Umgang mit einer Hetäre blieb so frei vom Schatten billigen Dirnentums. Diese konstruierte Gefährtenschaft mag heuchlerisch gewesen sein, für das antike Verständnis des Hetärenwesens ist sie jedoch von grundlegender Bedeutung.

Vor diesem Hintergrund werden auch die unterschiedlichen, teils widersprüchlichen Sichtweisen zum Hetärenwesen in antiken Texten verständlich. Negative Urteile und die Gleichsetzung von *hetaíra* und *pórnē* finden sich vornehmlich dann, wenn es in der Absicht des Autors lag, eine Hetäre gezielt zu diskreditieren und/oder sie von einer ehrbaren Bürgerin abzugrenzen. Die Gründe dafür konnten vielfältig sein: moralische Entrüstung, pointierte juristische Argumentation, komödiantische Spottlust, die Enttäuschung eines zurückgewiesenen Liebhabers oder – wie im Fall der Anklage gegen Neaira – der Versuch, durch eine Schmutzkampagne gegen die Frau eigentlich die Integrität ihres Liebhabers zu erschüttern. Wenn aber die Absicht fehlte, eine Hetäre aus welchen Gründen auch immer schlechtzureden, dann wurde sie neutral oder gar wohlwollend beschrieben. Im Vordergrund standen dann ihre Vorzüge, die sie von billigen Huren, aber auch von garstigen Eheweibern unterschieden. »Hetäre« war kein eindeutig festgelegter oder gar juristisch definierter Begriff. Letzten Endes entschieden der Kontext und die Intentionen des Autors darüber, ob eine Frau im literarischen Urteil ihrer Zeitgenossen Hetäre oder Hure genannt wurde und ob die Bezeichnung Hetäre in einem positiven oder negativen Sinne zu verstehen war.

Literaturhinweise

Textausgaben und Übersetzungen

HETAERENBRIEFE. Eine Auswahl aus Alciphron, Lucian u. a., Leipzig 1921 (Übers. H. W. Fischer).

ALKIPHRON, Hetärenbriefe, 4. Aufl. München 1942 (griech./deutsch, Übers. W. Plankl).

ALCIPHRON/AELIAN/PHILOSTRATUS, The Letters, Harvard 1979 (griech./englisch, Übers. A. R. Brenner/F. H. Fobes).

ALKIPHRON/AELIAN, Aus Glykeras Garten. Briefe von Fischern, Bauern, Parasiten, Hetären, 2. erw. Aufl. Leipzig 1982 (Übers., Nachw. und Anm. von K. Treu).

ALCIPHRON. Letters of the Courtesans, Edited with Introduction, Translation and Commentary by Patrik Granholm, Dissertation Universität Uppsala 2012 (griech./englisch), online abrufbar: uu.diva-portal.org/smash/get/diva2:564007/FULLTEXT01.pdf

Literatur zum Hetärenwesen

James. N. DAVIDSON, Kurtisanen und Meeresfrüchte. Die verzehrenden Leidenschaften im klassischen Athen, Berlin 1999.

Allison GLAZEBROOK/Madeleine M. HENRY (Hrsg.), Greek Prostitutes in the Ancient Mediterranean 800 BCE–200 CE, Madison 2011.

Debra HAMEL, Der Fall Neaira. Die wahre Geschichte einer Hetäre im antiken Griechenland, Darmstadt 2004.

Elke HARTMANN, Heirat, Hetärentum und Konkubinat im klassischen Athen, Frankfurt a. M./New York 2002.

Konstantinos KAPPARIS, Prostitution in the Ancient Greek World, Berlin/Boston 2018.

Peter Mauritsch/Ursula Lagger, Hetären. Blicke: Klischees und Widersprüche (Begleitband zur gleichnamigen Ausstellung Karl-Franzens-Universität Graz), Graz 2010.

Peter Mauritsch (Hrsg.), Aspekte antiker Prostitution, Graz 2013.

Florian M. Müller, Gefährtinnen. Vom Umgang mit der Prostitution in der griechischen Antike und heute, Innsbruck 2012.

Ingeborg Peschel, Die Hetäre bei Symposion und Komos in der attisch-rotfigurigen Vasenmalerei des 6.–4. Jahrh. v. Chr., Frankfurt a. M./Bern/New York 1987.

Carola Reinsberg, Ehe, Hetärentum und Knabenliebe im antiken Griechenland, 2. Aufl. München 1993.

Wolfgang Schuller, Die Welt der Hetären. Berühmte Frauen zwischen Legende und Wirklichkeit, Stuttgart 2008.

Abbildungsnachweis

Cover: Carole Raddato, Flickr.

Seite 79 oben: Digital Image: The Metropolitan Museum of Art, New York.

Seite 79 unten: Digital Image: The Metropolitan Museum of Art, New York.

Seite 87: Digital image courtesy of the Getty's Open Content Program.